RED ISLAND

RED ISLAND 1 (큰글씨책)

초판 1쇄 발행 2018년 1월 30일

지은이 김유철
펴낸이 강수걸
편집장 권경옥
펴낸곳 산지니
등록 2005년 2월 7일 제 333-3370000251002005000001호
주소 부산광역시 해운대구 수영강변대로 140 BCC 613호
전화 051-504-7070 | 팩스 051-507-7543
홈페이지 www.sanzinibook.com
전자우편 sanzini@sanzinibook.com
블로그 http://sanzinibook.tistory.com

ISBN 978-89-6545-475-5 04810
978-89-6545-474-8 (세트)

* 책값은 뒤표지에 있습니다.
* 이 도서의 국립중앙도서관 출판예정도서목록(CIP)은 서지정보유통지원시스템 홈페이지(http://seoji.nl.go.kr)와 국가자료공동목록시스템(http://www.nl.go.kr/kolisnet)에서 이용하실 수 있습니다.(CIP제어번호: CIP2017035396)

큰글씨책

RED ISLAND

레드 아일랜드 1

김유철 장편소설

산지니

차례

1 장

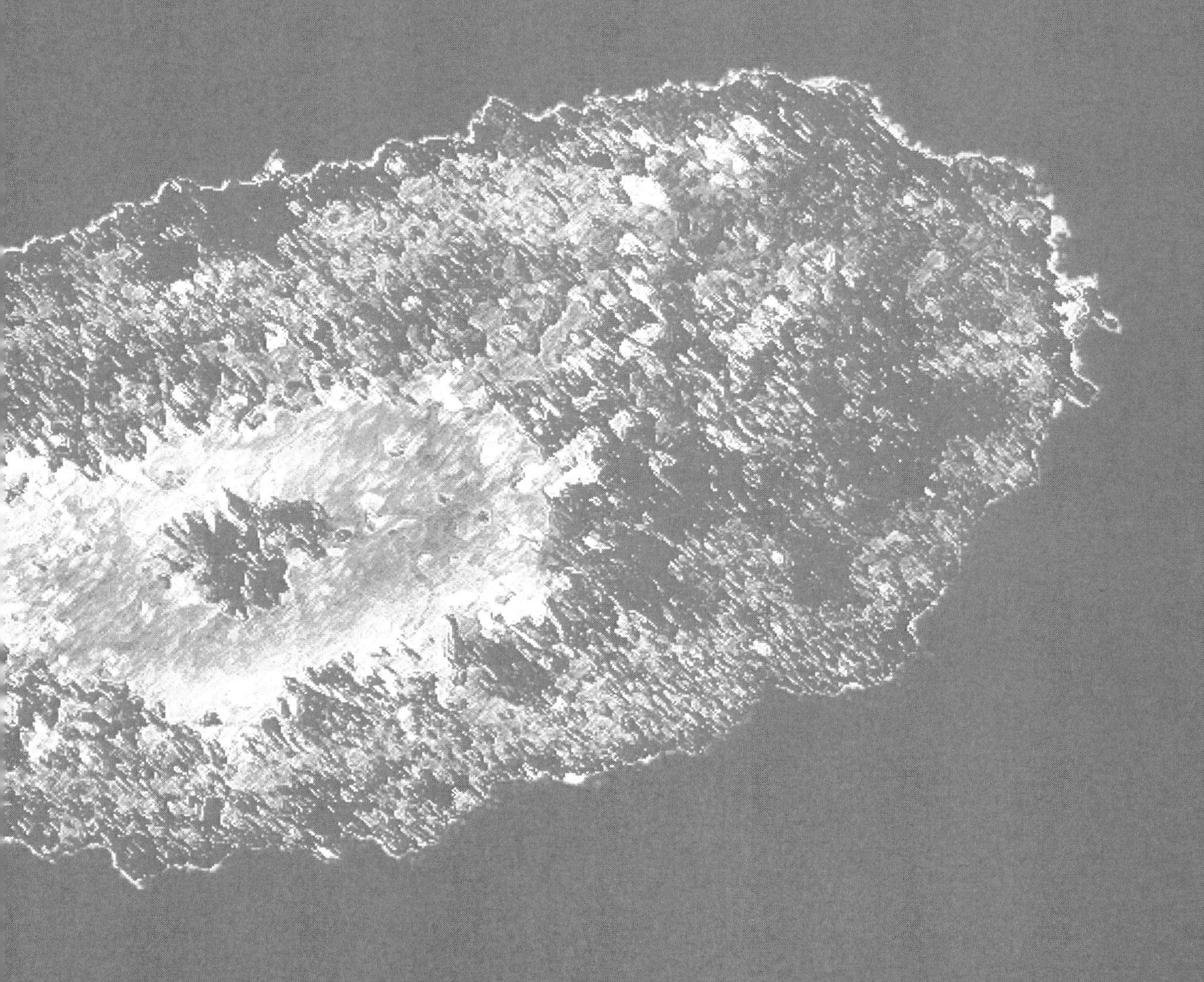

1

대나무로 만든 횃불이 사방을 에워싼다. 종선에서 신호가 가고 나머지 배들이 그물을 놓는다. 횃불을 쫓아 원에 들어온 멸치 떼들이 수면 위로 은빛을 내뿜는다. 그물과 그물을 당길 줄을 각각 따로 실은 배들이 종선에서 오는 신호를 보고 테우를 부지런히 저으면서 뭍으로 달린다. 배가 뭍 가까이 다가오면 맨 선두에서 있던 마을 사내들이 물살을 헤치며 바다 속으로 뛰어든다. 메추리알만 한 자갈이 넓게 깔린 해안을 따라 하얀 거품이 밀려온다. 성급한 이들은 가슴까지 오는 바닷물을 헤치며 그물 당길 줄을 받는다. 뒤이어 다가온 사내가 다시 뒷사람에게 줄을 이어주는 방법으로 뭍에 있는 사람들의 손에까지 어느덧 그 줄이 닿는다. 양쪽으로 길게 늘어선 마을 사람들이 줄을 잡아당기기 시작하면 좁혀 오는 후릿그물에 본능적인 위험을 느낀 멸치 떼가 바다 위로 솟구친다. 더러는 그물의 설긴 망 사이에 꽂히기도 하고 그물을 훌쩍 뛰어넘어 다시 망망한 대해로 되돌아가는 녀석들도 있다. 마치 물이 끓어오르듯 요동치는 광경을 보며 저마다 바구니를 들고 서 있는 동네 아낙들과 아이들의 얼굴은 상기된다. 사내들의 억센 팔뚝에 핏줄이 도드라지게 드러난다. 안곤지동에 사는 김 노인이 횃불을 흔들며 노래를 부르기 시작한다. 노래 가락에 맞춰 사내들의 몸도 움직인다. 그들의 노린내 나는 입에서 힘겨운 노랫소리가 흘러나온다.

어허 능창 제기 오라 멜
한저 제기 거리게
어허 능창 제기 오라
이놈우 후리

동까지 동기라
서까지 동기라
엉~허야 뒤야, 엉~허야 뒤야
어기여뒤여 방애여, 엉~허야 뒤야
동깨코라근 등곱은여로, 엉~허야 뒤야
서깨토라근 소여콧들로, 엉~허야 뒤야
당선에서 멜 받을 보고, 엉~허야 뒤야
망선에서 후림을 노라, 엉~허야 뒤야*

---

* 1998년 4월 3일 학민사에서 펴낸 『잃어버린 마을을 찾아서』 중 '멜 후리는 그리운 소리'에서 참조함.

달빛 없는 해안가에 엉~허야 뒤야라는 후렴구가 긴 여운을 남기며 흩어진다. 횃불을 밝히는 14세 전후의, 설익은 때깔이 완연한 녀석들의 가성 섞인 잡담 소리가 거친 바닷바람에 휘돌리는 횃불처럼 커졌다 작아졌다 한다.

"멋지군."

홍성수는 청주를 들다 말고 해안가로 시선을 던진다. 아직 솜털이 가시지 않은 것 같은 동안에 횃불에 쏘인 듯 불콰해진 안면을 초롱불 아래로 들이민다. 혜화전문학교를 중퇴하고 글쟁이 흉내를 내며 여기까지 흘러 들어온 것이 홍성수의 간략한 이력이다. 흰 남방에 혜화전문학교를 나온 그의 형이 입었던 진청색 바지를 입고 맞은편 마루방에 비스듬히 걸터앉아 있던 4칸 집 주인 아들이 입을 연다.

"여기가 아니고는 볼 수 없는 광경이죠."

"굳이 달 없는 날을 택한 이유는 뭐지?"

"멸치는 달 밝은 밤에는 들지 않습니다. 저렇게 횃불을 들고 서 있는 것도 그믐달이 좋지요. 그래야 멀리 있는 멸치 떼까지 불빛을 보고 해안가로 몰려드니……."

큰기침 두어 번을 하다가 진한 가래를 토악질하듯 내뱉는다. 홍성수보다 두 살이 어린 김헌일의 야윈 얼굴이 창백하게 변한다.

"한잔 하겠어?"

손을 내미는 김헌일의 얼굴에 옅은 미소가 인다.

“공회당엔 가보셨소?”

홍성수는 고개를 끄덕인다. 이곳에서 잡아 올린 마른 멸치를 입으로 가져가 씹는다. 짭짤한 소금기와 고소한 뒷맛이 혀끝을 맴돈다. 그들의 대화는 거기서 끊어진다. 홍성수는 다시 노랫소리가 흘러나오는 해안으로 눈길을 돌린다. 앞 원의 수심이 얕은 자갈밭으로 그물을 끌어올리려 마지막 안간힘을 쓰는 사내들의 힘찬 노랫소리가 바람에 실려 온다. 가까이 모닥불을 피워 물을 끓이는 무쇠 솥 위로 하얀 수증기가 흩날린다. 이윽고 뭍으로 그물을 끌어올리자 주변에 서 있던 아낙들이 멸치를 바구니로 퍼 올린다. 무쇠 솥에 데치듯 멸치를 삶는 모양이 익숙하다. 아이들은 삶아 내온 멸치 주변에 모여들어 모이를 쪼아 먹는 갈매기처럼 입안으로 주워 넣는다. 구레나룻에 가는 털이라도 나 있는 녀석들은 멸치 떼에 드문드문 섞여 있는 오징어와 고졸맹이를 잡아채느라 정신이 없다. 멸치의 비릿한 냄새와 아이들의 재잘거림과 마을 아낙들의 흥겨운 노랫소리가 끊이지 않는다.

“곤지동 멸치후리계 사람들 모두가 바구니 가득 퍼 담아 갈 정도로 많은 멸치가 잡힌다는 말이 사실인 것 같군.”

홍성수가 다시 입을 연다. 그는 여전히 청주를 마시고 있다.

“왜놈들이 마른 멸치를 좋아해서 돈벌이가 되었지요. 해방이 되면서 그런 호사도 끝난 셈이지만 말입니다.”

“주업이 농사가 아니었던가?”

"그래서 잡은 멸치를 재나 듬북과 뒤섞어 밭의 거름으로도 사용합니다……. 오늘은 좀 다른 모양입니다만."

김헌일은 귀찮다는 듯 해안 쪽으로 눈길을 잠시 두었다가 시선을 거둔다. 마을에선 그의 집안을 모두 양반집으로 부른다. 조선 영조 때 목사로 부임한 김정의 먼 후손이기 때문이다. 그래서인지 그의 행동에서 은근히 마을 사람들을 괄시하는 듯한 느낌을 받을 때가 있다. 혜화전문학교 시절 자주 어울려 다녔던 그의 형도 마을 주변에서 흔히 볼 수 있는 그들 소유의 밭담을 가리키며 '저게 화북에서 목사를 지낸 우리 할아버지가 처음 생각해 낸 거지. 저 돌담 때문에 바람과 야생 조랑말의 피해를 입지 않고 농사를 지을 수 있는 거야.' 라며 자랑을 늘어놓고는 했다.

"자네 형은 아직 소식이 없나?"

"곧 돌아오겠죠."

"미군정이 8.15해방 2주년 기념 대회를 불법으로 간주하면서 민전 사람들을 잡아들인다는 소문이 있더군."

김헌일은 대꾸하는 대신 '캬악' 하고 가래침을 다시 내뱉는다.

"제주읍에선 사람도 여럿 죽어 나갔다고 합디다……. 그래서 형이 양다릴 걸치려 하는지 모르죠. 부르주아, 친일파였던 우리 형님 아닙니까."

여전히 횃불을 든 사람들이 뭍에 모여 있다. 중산간 마을이나 제주읍에 비해 그래도 여기는 아직까지 평온한 기운이 감돌고 있었다. 홍성수는 웃옷에서 '공작' 한 개비를 꺼내 들고 자리에서 일어난다. 그믐의 마을은 한치 앞을 분간할 수 없다. 폐가 좋지 않은 김헌일을 염두에 두고 홍성수는 너른 마당에 나와 담배에 불을 붙인다.

"형은 공회당을 새롭게 보수할 생각을 하더군."

"거기서 야학하는 마을 청년들과 어울리고 싶어 안달하던 형이니까요."

"모나지 않게 행동하는 게 나쁜 건 아니지."

"그게 기회주의, 회색분자 아니오?"

김헌일은 시니컬한 표정을 짓는다. 홍성수가 처음 마을에 들어왔을 때 마을 청년들 중에는 민족주의나 사회주의에 눈뜬 이들이 많아 보였다. 가까운 화북리에서 민애청이 구성되어서인지 그곳에 가입한 청년들이 많았고, '학습회'라는 명목으로 어울려 다니면서 마르크스의 유물론에 대해 진지하게 토론하는 모습을 목격할 수도 있었다. 더구나 3.1절 기념 대회에 참가한 도민들 중에 경찰의 발포로 14명의 사상자가 발생한 뒤에는 마을의 학생들조차 반일반미를 외쳤다. 3.1절 기념 대회에서 시작된 그들의 분노가 시간이 지날수록 커져 갔다. 군중을 향해 총격을 가한 경찰의 구속과 희생자 유가족들의 생활 보장을 요구하며 일어난 총파업과 뒤이어 파업을 주도했던 민전 사람들과 중고학생들까지 속속들이 검속되고 있었다. 하지만 그들이 미군정청이나 경찰의 말대로 남로당의 계획적인 폭동에 의해 일어난 사건인지 홍성수는 의문이 들었다. 그의 눈으로 본 곤지동의 젊은이들은 좌파

나 우파라는 극단적인 이데올로기보다는 기대치만큼 뒤따르지 못하는 해방의 현실에 대한 분노와 회의감에 빠져 있는 듯 보였다. 김헌일도 마을의 여느 청년과 다르지 않았다. 홍성수는 담배 연기를 내뿜으며 화북봉 기슭을 멍하니 바라본다.

"모레쯤이면 비석거리 앞오름 잔디밭에 멸치가 가득하겠군."

청주의 달짝지근한 맛이 다시 그리워진다. 달려드는 모기를 손으로 쫓으며, 아침저녁으로 제법 선선해진 바닷바람에 홍성수는 술기운으로 후끈해진 열기를 식힌다. 바구니 가득 멸치를 이고 들어서는 사람이 있는지 가까운 곳에서 개 짖는 소리가 들린다.

곤지동은 화북천의 하류에 있다. 화북천의 2개 지류가 곤지동을 3등분해서 안곤지동, 가운데곤지동, 동곤지동으로 나눈다. 김헌일의 집은 안곤지동에서도 해안가에 바짝 붙어 있다. 원래 살던 집은 가운데곤지동에 있지만 결혼을 하면서 분가해 나온 것이다. 외지로 자주 떠돌아다니는 그의 형을 대신해 홍성수는 김헌일의 집에서 신세를 지고 있었다. 다달이 얼마간의 돈을 형식적이나마 지불하고 있었지만 김헌일은 받아도 그만 안 받아도 그만인 모양으로 신경을 쓰지 않았다.

4칸 집은 마루방을 사이에 두고 큰방과 창고, 작은방과 챗방, 그리고 부엌으로 나누어진다. 홍성수는 마루방 왼편, 작은방에서 글을 쓰거나 책을 읽으며 생활했다. 조용하고 사색하기에 더

없이 좋은 자연경관이었지만, 무엇보다도 그의 마음을 사로잡는 것은 바다와 갈매기 울음소리를 늘 가까이에서 들을 수 있다는 점이었다. 줄곧 내륙지방에서만 생활해 온 그로서는 바다와 연관된 모든 것이 낯설고 흥미로웠다. 대문이 없는 집 주변은 해풍을 막기 위해 돌담을 쌓아 놓았다. 처마 밑으로 빗물을 받기 위해 일정한 간격으로 놓여 있는 항아리를 포함해 돌담은 이곳 제주도에서 볼 수 있는 독특한 가옥 양식 중의 하나였다.

간밤에 먹었던 청주 때문인지 일찍 자리에서 일어난 홍성수의 머리는 무겁고 바늘로 쏘듯 지끈거린다. 부엌에서는 보리 삶는 냄새가 구수하게 난다. 머리맡에 놓여 있는 물 주전자를 입으로 가져간다. 잠에 곯아떨어진 사이에 김헌일의 아내가 문틈으로 밀어놓고 간 것이 틀림없다. 얌전하고 말이 없는 여자다.

방문을 열자 짠 바다 내음과 함께 짙은 안개가 자욱하다. 홍성수는 길게 기지개를 하면서 마당으로 나간다. 큰방 문이 굳게 닫혀 있는 것으로 봐서 김헌일은 아직 잠에서 깨지 않은 모양이다. 담배를 입에 물고 그는 화북천을 따라 산책을 나간다. 평소에는 건천(乾川)에 가까운 화북천 아래로 띄엄띄엄 물웅덩이가 고여 있다. 비라도 내리는 날이면 이곳 일대가 범람할 만큼 많은 물이 흘러내린다. 안곤지동과 가운데곤지동을 잇는 다리 부근에서 다시 연자방아가 있는 넓은 공터로 걷는다. 시계를 은근슬쩍 바라보는 홍성수의 얼굴에 잠시 긴장감이 스쳐 지나간다. 연자방아 주변을 어슬렁거리며 그는 담뱃갑을 만지작거린다. 얼마 지나지 않아 안개 속에서 흐릿하나마 인기척이 느껴진다. 물허벅을 등에 지고 가는 권유순의 모습이 점점 뚜렷해진다. 스물두 살의 어린 나이에 과부 아닌 과부가 되어 버린 그녀는 홍성수를 발견하자 얼굴을 붉히며 시선을 발 아래로 돌린다. 달콤한 신혼을 즐길 사이도 없이 징용으로 끌려간 남편은 해방이 된 지금까지 아무런 소식이 없다. 지나쳐 가려는 그녀를 막아서며 홍성수가 인사말을 건넨다. 그녀는 대답 대신 고개를 꾸벅거린다.

"안드렁물로 가십니까?"

등에 진 물허벅을 보면서도 태연스럽게 묻는다. 그녀는 다시 한 번 말없이 고개를 끄덕인다. 그리고 잰걸음으로 그를 지나쳐 간다.

별도봉 벼랑 아래로 향하는 길은 한적하다. 산기슭으로 난 오솔길은 두 사람이 나란히 걷기에 알맞은 넓이다. 그 옆으로 바다가 내려다보이고 일출이 시작되면서 묽어 터진 홍시 같은 태양이 수평선 위로 모습을 드러낸다. 마을에서 얼마간 떨어진 거리를 거닐기 시작하면서 권유순의 얼굴에도 다소 편안한 미소가 번진다. 그녀의 눈동자는 아침 이슬을 머금은 풀잎처럼 촉촉하게 젖어 있다.

"그때는 왜 나오지 않았습니까?"

"……."

"제 편지는 받아 보셨지요?"

권유순의 목덜미와 귀 부근이 빨갛게 변한다.

"편지를 들고 온 애가 용주네 막내죠. 그 아이가 입이 좀 가벼워요."

이번에는 홍성수의 얼굴이 붉어진다. 그는 잠시 권유순을 바라보다가 힘없이 고개를 떨군다.

별도봉이 있는 안쪽 숲 속으로 더 들어가면 마을 사람들이 식수로 사용하는 안드렁물이 나온다. 벼랑 아래에 정사각형 모양의 웅덩이를 계단식으로 나란히 만들어 놓았다. 벼랑 아래라고는 하지만 여러 사람들이 동시에 이용할 수 있을 만큼 주변은 넓고 평평하다. 물허벅이 담긴 구덕을 바닥에 내려놓으며 권유순은 이마의 땀을 손등으로 닦는다. 홍성수는 제일 위 단에 있는 웅덩이로 올라가 지하에서 뿜어져 나오는 물을 마신다. 빗물과 달리 목구멍을 넘어가는 물맛이 좋다.

"내년 봄쯤 올라갈 생각입니다."

허벅에 물을 채워 넣는 권유순의 손이 머뭇거린다. 홍성수는 그 사이를 놓치지 않고 그녀에게 다가간다.

"아직까지 소식이 없다는 건…… 제 말 이해합니까?"

잠시 뜸을 들이던 그녀가 다시 허벅에 물을 담기 시작한다.

"오사카를 오가는 그릇집 고씨 삼춘이 알아봐 준다고 했어요. 그리고 징용 갔다가 뒤늦게 돌아오는 사람들도 많다고……."

홍성수는 가슴이 답답한지 참았던 담배를 입으로 가져간다. 스무일곱 해 동안 굳게 닫혀 있던 마음이 이곳 제주에서 꿈틀거릴 줄은 그 자신도 미처 생각하지 못했다. 두어 달 머리나 식힐 요량으로 곤지동까지 찾아 들었지만 전혀 엉뚱한 곳에서 그의 마음은 열병을 앓고 있었다. 그녀를 처음 보았을 때 홍성수는 그만 이성을 상실하고 말았다. 구리 빛 피부와 검정 치마저고리가 잘 어울리는 큰 키, 짙은 눈썹과 곤지동 앞 바다처럼 맑고 투명한 눈동자를 가진 그녀를 사랑하지 않을 수 없었다. 홍성수의 가슴은 그때부터 이미 시커멓게 타 들어가기 시작했다.

소나무 사이로 다람쥐 한 마리가 쏜살같이 내달린다. 홍성수가 답답하고 간절한 마음을 달래는 동안 권유순은 물허벅을 등에 지고 일어선다. 자욱했던 아침 안개는 사라지고 대신 후끈한 열기가 대지를 달구기 시작한다. 오늘 오후도 꽤 무더운 날이 될 것 같다. 말없이 안곤지동으로 향하는 권유순의 뒷모습을 잠시 노려보던 홍성수는 반도 피우지 않은 담배를 바닥에 짓이기고 그녀의 뒤를 따라 걷는다. 빠른 걸음으로 다가가 그녀의 어깨를 낚아채려는 순간, 맞은편에서 걸어오던 마을 소녀가 권유순과 홍성수를 알아보고 아는 체를 한다. 어제 멜 후리는 소리를 멋지게 하던 김 노인의 손녀 성란이다. 홍성수는 권유순을 외면하며 앞서 걸어갈 수밖에 없다. 왔던 길을 되돌아 별도봉을 빠져나가는 홍성수의 기분은 착잡하다. 열 번 찍어 안 넘어가는 나무가 어디 있을까마는 그는 시간이 지날수록 자신이 없어진다. 차라리 징용으로 끌려갔던 남편의 사망 통지서라도 날아왔으면 이렇게까지 힘들진 않았을 텐데. 마주 오던 성란의 인사를 건성으로 받으며 홍성수는 주먹을 불끈 쥔다. 어차피 내년 봄까지는 곤지동에 눌러 있을 결심을 한 탓이다. 그때까지 그녀의 마음을 돌릴 수 있다면 무슨 짓이든 할 수 있을 것 같았다.

2

김헌일은 방만식을 만나기 위해 집을 나선다. 해방되던 해부터 일본에서 많은 사람들이 돌아왔는데 방만식도 그중 한 사람이었다. 후쿠오카의 탄광 노동자 생활을 하다 돌아온 그는 전혀 다른 사람이 되어 있었다. 그는 일본에 건너가기 전에 김헌일의 아버지가 소유하고 있던 우마 50여 마리를 돌보는 일을 했었다. 쇠테우리라고 해서 억새풀이 우거진 들판을 돌아다니며 소와 말을 키우던 그가 다시 곤지동에 발을 들여놓은 것은 해방되던 해 겨울이었다. 천애고아나 다름없었던 그를 곤지동이라고 따뜻하게 맞아 줄 리 없었다. 당시 노환으로 거동이 불편했던 김헌일의 아버지를 찾아온 그는 7년 동안 쇠테우리를 하면서 받은 임금이 터무니없었으니, 그동안 착취한 임금으로 살 집을 마련해 달라고 떼를 쓰기 시작했다. 돈에 관해서는 어느 누구보다 인색했던 김헌일의 아버지는 일언지하 거절을 했고 그 때문에 방만식과 김헌일의 형 사이에 주먹다짐이 오갔다. 아직도 그들 두 사람은 그때 일이 앙금으로 남아 있었다.

마을에서 화북봉 오르는 길에 외따로 떨어진 방만식의 집은 김헌일이 아버지 몰래 내어 준 것이다. 테우리들이 임시로 쉬어 가던 움막이었는데 방만식이 손수 초가를 새로 얹고 벽을 바르고 아궁이를 만들었다. 타고난 손재주가 있어서인지 겉보기에도 그럴듯한 가옥으로 변해 있었다.

김헌일이 집 가까이 다가갔을 때 방만식은 보릿겨와 음식 찌꺼기를 물에 섞어 돼지우리 안으로 붓고 있다. 검게 그을린 얼굴에는 굵은 주름이 일었고 때가 낀 갈옷은 땀으로 젖어 있다. 우리 안의 돼지들은 괴성을 지르며 음식 찌꺼기에 코를 박는다.

“아침부터 도새기들이 호강하는군.”

김헌일이 마당을 들어서면서 방만식에게 말한다. 돼지우리 앞에서 분주히 움직이던 방만식은 하던 일을 마무리하고 나서야 김헌일에게 아는 체를 한다. 그가 마루에 걸터앉아 한숨을 돌릴 때까지 김헌일은 묵묵히 그의 하는 모양새를 바라볼 뿐이다.

“생각은 해 봤는가?”

“테우리 일이 하기 싫어 일본까지 돈 벌러 간 거주.”

“장가도 가야지. 난 아버지하고는 달라.”

“그 뿌리에 그 나물이주. 뭐가 다를까.”

방만식은 자리에서 일어나 부엌으로 들어간다. 삶은 고구마를 내오면서 그중 하나를 김헌일에게 건네준다.

“아직, 아침 전인가?”

“내가 언제 끼니때 찾아가며 먹으수까. 그냥 허기지면 먹는 게주."

방만식은 김헌일과 같은 나이었다. 몸이 약해 밖을 잘 나다니지 못했던 김헌일에게 방만식은 유일한 말벗이 되어 주고는 했다. 산으로 들로 풀 먹이러 다니던 그도 어지간히 또래의 친구가 그리웠을 것이다. 그런 인연 때문인지 아직까지도 김헌일은 그에게 호감을 가지고 있었다.

"세상이 험악해지고 있어. 이렇게 외따로 떨어져 살다가 무슨 변고라도 당할까 걱정이군."

"차라리 천지개벽이라도 일어낫으멘."

"사람이 왜 이렇게 꼬였나."

"나 같은 놈이 꼬여 봤자지. 별 수 있수꽈."

목이 막히는지 방만식은 급히 주전자 주둥이를 입으로 가져간다. 벌컥거리며 물을 마시는 그의 왼쪽 목 줄기에 흉한 상처가 남아 있다.

"평생 왜놈들 종노릇이나 하다가 끝낼 팔자라고 한탄만 했주. 겐데 뜻하지 않은 해방이 되고…… 아, 이제는 새 세상이 오는구나 햅서…… 이럴 줄 암시나."

"해방이 어째 우리 힘으로 얻은 것인가?"

"갱다고 미국놈 종이 되어야 한다는 말임수과."

"일본 갔다 오더니 많이 변한 것 같군."

김헌일은 방만식이 조금 전에 입을 갔다 댔던 주전자를 집어 든다. 방만식은 고구마 껍질을 벗기다가 슬쩍 김헌일의 얼굴을 바라본다.

"나 같은 놈은 평생 우마나 키우멘 살아야주. 안 그랜수과?"

"이 사람이…… 그런 뜻으로 받아들이는 건 또 무슨 심본가……."

김헌일은 뒷말을 잇지 못하고 침묵을 지킨다. 방만식의 얼굴에 이는 깊은 그늘을 봤기 때문이다. 그가 일본에서든 혹은 떠돌다 만난 사람에게서든 붉은 때깔을 묻히고 들어온 것만은 사실 같았다. 넓은 세상을 경험하면서, 그는 테우리로서 마냥 들판을 가로질러 생활했을 때 느꼈던 신분의 굴레가 얼마나 비합리적이고 비윤리적인가를 깨닫게 되었는지도 모른다.

김헌일이 담배를 꺼내며 서먹한 분위기를 살갑게 만들려 노력한다. 말없이 담배를 받아드는 방만식의 얼굴이 무뚝뚝하고 어두워 보여도 상관없는 일이다. 어차피 세상 돌아가는 것이 마음에 들지 않는 건 김헌일도 마찬가지다. 불을 붙여 주며 김헌일은 그의 몸에서 나는 퀘퀘한 냄새를 트집 잡아 다시 결혼 이야기를 꺼낸다. 방만식은 여전히 별다른 흥미를 보이지 않는다.

"결혼은 다시 내게서 자유를 빼앗아 갈 테니까. 겐 아이들에겐 대를 이어 가난을 물려주겠주."

"이런 생활에 만족하나?"

"천성이 이럼 수다게."

"천성?"

"곤지동 양반집 막내 도련님과는 달리 태생부터가 천하디천한

놈이지 암시나."

답답한 표정으로 김헌일이 서 있는 동안 방만식은 부엌으로 들어간다. 그는 덩치에 비해 행동이 민첩하고 눈치 빠른 사내다. 김헌일이 오늘은 기필코 마음을 돌리러 왔다는 사실을 깜냥으로 알고 먼저 자리 비울 생각을 한 것이다. 어깨에 가망이를 맨 방만식은 다짜고짜 대문간을 나선다. 지끈거리는 열기로 들판은 벌써 아지랑이가 피어오른다. 김헌일이 뒤따라 나오며 그의 이름을 부른다. 듣는 둥 마는 둥 빠른 걸음으로 마을 쪽으로 걸음을 옮기던 방만식은 무슨 생각에선지 뒤돌아선다. 힘들게 따라가던 김헌일이 가쁜 숨을 몰아쉰다.

"정뜨르 비행장에 자네 대신 부역을 나간 건 내 의지가 아니엇수다. 그 일이 마음에 걸린다멘, 애초에 잘못 생각한 거주."

퉁명스럽게 한마디 던지고 방만식은 다시 잰걸음으로 마을로 향한다. 어릴 적부터 테우리를 하며 산야를 떠돌던 그의 걸음걸이를 당해 낼 재주가 없는 김헌일은 자꾸만 뒤처진다. 그는 이내 포기를 하고 팽나무 그늘 가까이 서서 가물거리는 방만식의 꽁무니를 멍하니 바라본다.

9월이 지나도록 가뭄은 끝날 기미가 보이지 않는다. 먼지가 펄펄 이는 땅을 일구는 사람이나 소나 힘들고 더디긴 마찬가지다. 제주읍에서 들려오던 흉흉한 소문도 그 즈음 자취를 감추었다. 여기저기 흩날리던 삐라도 누가 지서에 끌려가서 초주검이 되어 돌아왔다는 소리도 잠잠해졌다. 하지만 외지에서 들어온 경찰이나 서청에 대한 이야기는 여전히 마을 사람들의 분노를 살 만큼 어둡고 우울했다. 일본과의 바닷길이 막히면서 생필품이 턱없이 부족해졌다. 일본에서 귀향하지 않은 제주도민들이 고향 친지에게 보내는 생필품까지 밀수로 취급되면서 부둣가에선 크고 작은 분쟁이 끊이지 않았다. 제주가 도(道)로 승격된 뒤에는 육지에 내다 파는 하역물품에 통관세를 내야 했고 육지로 들어가는 제주 사람들은 상륙료라는 걸 지불해야 했다. 복시환사건** 이후에도 밀수품을 둘러싸고 경찰과 결탁한 모리배들의 횡포가 줄어들지 않았다. 거기다 서청의 일부 단원들은 일주도로를 따라 이동하면서 마을 사람들에게 태극기 등을 강매하는 수법으로 금품을 뜯어냈다.

홍성수는 책을 읽거나 글 쓰는 시간을 제외하고는 공회당에서 마을 청년들과 어울렸다. 공회당은 연자방아가 있는 가운데곤지동의 넓은 공터에 위치해 있었다. 띠로 지붕을 덮은 3칸 집 규모로 공회당 바로 옆에는 수령이 300년이 넘은 버드나무가 서 있었다. 낮에는 주로 마을 노인들이 놀다 가는 사랑방으로, 저녁엔

---

* 1947년 1월 11일 일본에서 화물을 싣고 서귀포항으로 가던 화물선 복시환이 성산포 근해에서 목포 주둔 해안경비대에 의해 밀수선으로 나포된 사건. 수사 결과 미군정 고위관리들이 모리배와 결탁, 비리를 저질러 온 사실이 밝혀졌다. 당시 제주도 감찰청장이었던 신우균이 파면되었고, 제주도군정 법무관 패드리치 대위가 배후 비호인물로 지목되었다.

마을 아이들에게 한글을 가르치는 야학의 공간으로 활용되었다. 하지만 불안정하고 어수선한 분위기가 이어지면서 마을 청년들의 술자리 장소로 변색되었다.

홍성수가 너른 마당을 지나 공회당 앞에 다다랐을 땐 이미 문지방 아래로 일본 군화며 고무신이며 짚신이 자리다툼을 하고 있다. 홍성수가 헛기침을 하며 안으로 들어서자 김명호가 엉덩이를 들썩이며 자리를 만들어 준다. 그는 홍성수와 같은 1920년생으로 오사카 소재 임명관(立命館)대학에서 정치학을 전공한 엘리트다. 나가사키가 미군의 폭격으로 불바다가 되었다는 소문을 듣자마자 그는 제주와 오사카를 운행하는 1600톤 급 정기 여객선 복목환(伏木丸)을 타고 귀향해 곤지동에서 해방을 맞았다. 조용한 성품에 말을 아끼는 김은 해방 초기엔 공회당에서 마을 아이들에게 한글을 가르치다 지금은 화북초등학교 교사로 있었다.

김이 홍성수에게 청주를 권한다. 마른 멸치와 오징어가 나와 있는 걸 보니 안곤지동 김 노인의 막내 문식이가 다녀간 모양이다.

"오늘은 문식이 집에 다녀갔다메?"

맞은편에 앉아 있던 청년이 김에게 묻는다. 김은 양반 다리를 하고 앉아 고개를 끄덕인다.

"면에서 사람이 나와 백미 두 석을 내놓으라 으르고 갔다더군."

"문식이 속 뒤집어지겠주. 도대체 미곡 수집령이라는 게 뭐시냐. 모두들 굶겨 죽일 작정인 게주."

얼굴에 마마자국이 있는 박이라는 청년이 말한다. 그는 쪽발이나 코쟁이나 뭐가 다른지 모르겠다며 도리질을 친다. 더구나 왜정시대에나 있었던 공출이 다시 고개를 들다니. 침묵이 지나간다. 남의 일이 아니니 모두들 어두운 표정이다. 2년 내리 보리 흉작인데다 콜레라에 가뭄까지, 누구도 견딜 재간이 없었다.

"톳밥이나 돼지사료로 쓰는 전분박이가 왜 나왔겠나?"

김이 나직이 입을 연다.

"하지만, 어쩌겠주? 동광리꼴 나지 않으레멘……. 되로 주고 말로 받는단 말, 하나 그른 거 업서."

"참, 그치들은 풀려났나?"

"풀려나면 뭐하나. 마을 청년 중 지서에 끌려가 매타작 안 받은 이 없고, 빨갱이 마을로 낙인찍혀 검정개들이 수시로 들락거리게 됐다던데."

"겡 곡물 공출 관린가 뭔가 하는 녀석들 패기는 잘 팼주."

최기호가 주먹을 불끈 쥐며 말한다. 그는 제주농업학교 출신으로 홀어머니를 모시고 사는 청년이다. 제주읍에 있는 주정공장에서 일하다 3.10총파업에 가담했다. 파업 주동자로 몰려 큰 곤욕을 치렀다. 지서에서 얼마나 얻어맞았는지 한동안 바깥출입을 못할 만큼 허리를 상했다. 아직까지 쑥 찜질을 받고 있던 그는 '저희 어멍은 차라리 왜정시대가 나았다고 햅주. 그땐 그래도 아방 제사 때 하얀 곤밥(쌀밥)이라도 올렸는데 말임수과.' 하며 뒤틀린 심사를 대신한다.

"우리가 못나서 그런 거지 누굴 탓하겠나."

김이 청주를 마시며 말한다.

"하메, 몽양 선생이 암살당한 걸 봐도 그렇주, 미국놈이나 소련놈한테 빌붙어 권력 행세하는 놈들을 봐도 그렇주……."

공감을 하는지 청년들은 저마다 고개를 끄덕이며 한탄 섞인 한숨을 내쉰다. 홍성수는 그들의 근심 어린 표정을 안타깝게 바라본다. 해방된 나라, 좋은 세상을 맞은 이들이 왜 이토록 불안해하며 살아야 하는지 홍성수는 이해할 수 없는 것이다. 방 안에는 다시 자욱한 침묵이 지나간다. 어디서부터 어긋나기 시작했는지, 홍성수와 청년들은 그 불길한 예감을 떨쳐버릴 수 없다.

민전에 가입했던 청년들의 불안감은 더해서 차라리 일본이나 본토로 밀항 계획을 세우기도 했다. 해방이 되면서 돌아온 귀향자 중에 특히 그런 마음을 먹는 이가 많았다. 붙박이 청년들도 마찬가지여서 해방직전의 새 세상을 만들어 보자던 호기는 사라지고 어떻게든 불안한 시국을 무사히 넘겨야 한다는 강박증에 시달리는 것 같았다. 외지인인 홍성수의 입장에서도 그들의 고심을 이해할 수 있었다.

점심을 먹기 위해 큰방에 모여 있던 김헌일과 홍성수는 수저를 들다 말고 마당에서 들리는 자동차 소리에 방문을 연다. 부엌에서 숭늉을 내오다 황망히 허리를 꾸벅거리는 인선 앞으로 검은색 가죽점퍼와 미제 군화를 신은 김종일이 서 있다. 김헌일이 마루방으로 나가며 '형님!' 하고 소리친다. 뒤이어 홍성수가 다소 여유로운 모습으로 그를 맞는다. 반년 만에 보는 김종일의 얼굴은 기름기로 번들거린다.

"자넨 아직도 무위도식인가?"

그의 호탕한 목소리에 홍성수는 머쓱하게 웃는다. 그가 타고 온 지프에는 생면부지의 사내 두 명이 앉아 있다. 그중 한 명은 경찰복을 입고 있다. 동생의 의뭉스러운 눈을 의식했는지 김종일은 지프에 타고 있는 그네들에게 손짓한다. 먼저 서북청년단 제주도지회 비서부장이라는, 까무잡잡한 피부에 날카로운 눈을 가진 남자와 인사를 나눈다. 풀을 먹인 듯 번들거리는 경찰복을 입은 남자는 제주 경찰 감찰청에 근무하는 사찰주임이라고 자신을 직접 소개한다. 비서부장이라는 사람은 서북 사투리로 '이 친구르…….' 하며 김종일과 친한 척을 한다. 갑작스러운 그들의 내방으로 분주한 건 김헌일의 아내 인선이다. 그녀는 시아주버니 일행의 점심을 챙기느라 다시 솥을 안치고 군불을 땐다. 홍성수는 반주나 하자며 자신이 기거하는 방에서 청주를 들고 돌아온다.

어디서 구했는지 돼지 편육이 흰쌀밥과 함께 상 위에 올라온다. 일본과의 거래가 어려워지면서 타격을 받았을 것으로 생각했던 김종일은 의외의 밝은 얼굴로 동생과 친구를 대한다. 술이 한 순배 돌고 서먹서먹한 분위기가 차츰 가라앉을 때쯤 김종일은 특유의 괄괄한 성격으로 입담을 늘어놓는다.

"이 친구들은 제주읍에서 만났지. 성수는 모르겠지만 여기 앉아 있는 검정개도 혜화전문학교 출신이야. 요 앞전에 감찰청장이 바뀌면서 뒤따라 들어왔지. 그리고 요 녀석은 내가 방 구해 주고 계집질 시켜 주면서 친해졌지."

김종일은 비서부장이라는 사람과는 죽이 잘 맞는지 서로 어깨를 건드리며 웃는다. 하지만 김헌일은 묵묵히 술잔을 바라볼 뿐이다. 작년까지만 해도 민전 사람들과 호형호제하며 어울렸던 형의 행동이 그로서는 편치 않은 것이다. 비서부장과 달리 점잖고 말이 없는 사찰주임은 홍성수에게 '글을 쓰신다구요?' 하며 이야기를 걸어온다. 홍성수는 그에게 술을 따라 주며 '글은 무슨…… 그냥 놀기 좋아하는 한량입니다.' 라고 되받는다.

"학교를 다니다 말았으니 동창이라기엔 뭣하고…… 어떻습니까? 육지는."

"여기와 별 다를 게 있겠습니까?"

"거기선 제주를 빨갱이 섬이라 부른다면서요."

"사실은 저도 발령 받아 오면서 그런 소릴 들었습니다. 조심하라더군요."

그의 얼굴에 슬며시 미소가 번진다.

"그게 다 육디서 들어온 람로당 아이드르 순진한 섬사람 꼬드겨 그런 거이지."

김종일이 제주도 출신이라는 사실을 염두에 두어선지 비서부장이 온화한 말투로 대꾸한다.

"일전에 제주읍에서 있었던 사건을 봐도…… 좀 이상하단 생각은 들었어. 관덕정에선 대단했다고 하더군."

감찰청의 경위가 홍성수와 김헌일 쪽으로 눈길을 돌리며 말한다.

"남로당이고 뭐고 젖먹이를 안은 아녀자를 총 쏘아 죽이는 건 어느 나라 경찰입니까?"

처음부터 심기가 불편해서인지 침묵으로 일관하던 김헌일이 버럭 질문을 던진다. 옆에서 제법 거드름을 피우던 김종일의 눈이 커진다. 김헌일은 남로당 제주도 위원장 안세훈의 주도로 이뤄진 28주년 3.1절 기념대회에서 있었던 경찰의 총격 사건을 특유의 빈정거리는 말투로 꼬집는다. 다혈질로 보이는 비서부장의 얼굴에도 웃음기가 가신다.

"그 사건은 저도 안타깝게 생각합니다. 폭도들이 경찰서를 습격하지 않았다면 그런 불미스러운 일은 일어나지 않았을 겁니다. 대구에선 폭도들에 의해 400여 명의 경찰관이 목숨을 잃기도 했으니까요."

"중학생이나 젖먹이를 안은 폭도도 있습니까?"

"누구에게서 무슨 소릴 들었는지 몰라도 그건 사실이 아니다. 모든 게 과장되고 부풀려지고 악의적으로 해석되는 세상이다."

김종일이 못마땅한 듯 말한다. 하지만 김헌일은 여전히 비서부장과 경위에게 떨떠름한 표정을 짓는다.

"악의적으로 해석하는 건 경찰과 단독선거를 원하는 정치인들이겠죠. 총격은 시위대가 지나간 뒤에 일어났으니까. 하지만 언론에선 경찰서를 습격하려는 폭도들로 묘사하고 있어요. 기마경찰의 말에 상처를 입은 여섯 살 아이를 왜 병원에 데려다주지 않느냐고 항의하던 사람들을 말입니다."

그때 김종일이 김헌일의 따귀를 사정없이 갈긴다. 모로 쓰러지는 김헌일의 입술이 터지면서 입가에 핏물이 맺힌다. 김종일이 다시 손을 들어 올리는데 홍성수가 만류한다. 비서부장과 사찰주임은 외면하며 말없이 술잔을 집어 든다.

"오랜만에 집에 와서 무슨 짓이야. 아직 세상 물정에 어두워 그런 걸."

"누가 저 녀석을 물들인 거야? 만식이 아니면……."

"엄한 사람 잡지 마쇼. 전 볼일이 있어 나가 볼랍니다."

자리에서 일어난 김헌일이 방문을 거칠게 열어젖힌다. 문밖에서 안절부절못하고 서 있던 인선이 방을 나오는 김헌일의 팔을 부여잡는다.

"이 봅서……."

그녀가 마당 앞까지 따라 나가지만 소용없다. 김헌일은 아내의 팔을 뿌리치고 바닷가 쪽으로 휑하니 사라진다.

방 안 분위기는 삽시간에 얼어붙는다. 네 사람은 서로 말을 아낀 채 술잔만 기울인다. 인선은 불안한 얼굴로 여전히 마당을 서성거린다. 속상한지 거푸 석 잔의 술잔을 들이키던 김종일에게 비서부장이 은근슬쩍 말을 건넨다.

"만식이라는 놈으 어디에 살아?"

"화북봉 기슭에……. 우마를 키우던 테우리였는데 한동안 일본에 가 살았지. 해방되면서 다시 마을로 돌아왔어. 언젠가 집으로 찾아와서는 임금 착취니 하면서 난동을 부린 적이 있지. 마음 여린 동생이 그 놈 뒤를 봐주는 눈치가 있어 영 기분이 찜찜했었는데……."

동생의 행동도 행동이려니와 김종일의 체면이 말이 아니다. 일본에서 사들인 생필품을 제주에 되파는 중계무역으로 이윤을 남기던 김종일에게 일본과의 교역이 금지되면서 위기가 찾아왔다. 그나마 다행스러운 것은 일본과의 밀거래가 암묵적으로 이루어지고 있었다는 사실이다. 하지만 밀거래를 트기 위해서는 필연적으로 모리배와 경찰과 군정의 윗사람들과 손이 닿아 있어야 했다. 그들 주변에 돈을 뿌려 힘들게 만든 줄이 바로 서청의 비서부장과 경찰감찰청의 경위였다. 그들과 가까워지면서 김종일도 자연스럽게 우익단체나 경찰후원회에 가입하게 되었다. 화북지서에 볼일이 있어 잠시 들린 것도 그런 연유에서인데 짬을 내서 곤지동까지 들어온 것이 오히려 걱정거리를 만든 셈이다.

김헌일의 말대꾸에 심기가 불편해진 사찰주임이 손목시계를 자꾸만 들여다본다. 뒤늦게 그 사실을 눈치 챈 김종일이 엉덩이를 들썩이며 '가 봐야지?' 하고 애써 웃는 낯으로 말한다. 엉거주춤 뒤따라 나온 홍성수에게 사찰주임이 자신의 명함을 건넨다. 뒤이어 김종일이 작별 인사를 한다.

"자넨 언제까지 여기에 머물 작정인가?"

"내년 봄까지는……."

"시골에만 처박혀 있지 말고 제주읍으로 바람 쐬러 한 번 올라오게. 식산은행에서 도립병원 가는 길에 다방이 있어. 거기서 날 찾으면 숙소를 알려줄 거야."

홍성수는 말없이 고개를 끄덕인다. 지프에 이미 올라 탄 두 사람이 경적을 울린다. 홍성수의 옆에서 '시아주방' 하며 눈물을 글썽이는 인선에게 김종일은 7000원을 건네주며 '동생은 걱정 말고 가운데곤지동에 있는 본가에 사람을 사서라도 손을 좀 봐주세요.' 하고 공손히 부탁한다.

3

김종일이 서둘러 마을을 떠난 뒤에 좌불안석하던 인선은 일주일이 아무 탈없이 지나간 뒤에야 마음을 놓는 눈치다. 세상이 흉흉해 말 한마디에도 사람 목숨이 좌지우지되는 마당이니 그녀의 가슴앓이는 어쩌면 당연한 일인지 모른다. 홍성수도 '형이 따귀를 올린 것은 자네를 위해서 그런 것 같으이' 하며 유화적인 표현으로 김헌일의 마음을 달래려 노력했다. 그러나 심약한 김헌일은 자존심이 상한 듯 한동안 집 밖을 나서지 않았다. 그러던 그가 무언가에 홀린 듯 홀연히 화북봉 기슭으로 걸음을 재촉하는 날이 있었다. 형이 마지막으로 내뱉은 말이 그의 뇌리에 앙금으로 남아 있었던 탓이다.

그가 방만식의 집에 도착했을 때 제일 먼저 눈에 들어온 것은 부서진 돼지우리다. 방문이 열려진 채 바람에 삐걱거린다. 김헌일은 불길한 예감에 사로잡혀 방만식의 이름을 부르며 여기저기 훑어본다. 부엌 아궁이에도 최근에 불을 땐 흔적이 보이지 않는다. 그러다 대문간 근처에서 방만식이 애지중지하는 일본 군화 한 짝을 발견한다. 김헌일은 그 길로 화북지서로 발걸음을 돌린다.

지서 주임 앞에서 김헌일은 '김종일이 제 형입니다.' 라고 신분을 밝힌다. 30대 초반의 지서 주임은 그 말에 반색을 한다. 자리를 권하며 형 안부를 묻는 주임에게 다짜고짜 사람을 찾고 있다는 말부터 꺼낸다.

"사람을요? 누굴 찾습니까?"

서울 말씨의 주임이 왜정시대 때 쓰던 낡은 소파에 앉으며 묻는다.

"곤지동에 사는 방만식이라는 사람입니다."

말이 떨어지기 무섭게 주임의 입가가 굳어진다. 그는 말없이 담배를 입에 문 뒤 김헌일에게도 한 개비를 건네준다.

"그 사람을 잘 아십니까?"

"제 친굽니다."

책상 의자에 걸터앉아 이북 사투리로 잡담을 나누던 순경 둘이 김헌일 쪽을 넌지시 노려본다. 주임이 그들의 시선을 의식했는지 눈짓을 한다. 어그적거리며 지서 밖으로 나가는 그들의 걸음걸이가 못내 불량스럽다.

"아직 조사가 끝나지 않았습니다."

처음과는 달리 위압적으로 말하는 그에게 김헌일은 형으로부터 받은 돈 뭉치를 말없이 내민다. 주임의 눈이 테이블 위로 향한다.

"제 형을 잘 아시잖습니까? 방만식은 우리 집에서 일하던 사람입니다. 그 사람이 여기에 끌려올 이유는 없어요……. 제가 데려갔으면 합니다."

주임은 손가락을 꼼지락거리며 한동안 담배만 피워 댄다. 백미 한 석이 1700원이니 형이 던져 주고 간 7000원이 결코 적은 돈은 아니다. 김헌일과 돈다발을 번갈아 바라보며 생각에 잠겨 있던 주임이 결심을 한 듯 담배꽁초를 재떨이에 짓이기며 소파에서 일어선다.

"종일 씨 얼굴을 봐서 훈방하는 겁니다. 자백 않은 걸 보면 빨갱이는 아닌 것 같으니까……."

숙직실을 지나치자 지하로 내려가는 계단이 보인다. 계단 아래의 쇠문은 굵은 열쇠가 채워져 있다. 주임은 능숙하게 그 문을 열고 안으로 들어간다. 한낮인데도 햇볕이 들지 않은 유치장은 어둡고 눅눅한 습기로 가득 차 있다. 그가 백열등을 켜자 얼굴을 알아볼 수 없을 만큼 부어오른 방만식이 바닥에 쓰러져 있다.

가무잡잡하게 윤기 흐르던 피부는 피멍이 들어 해안가에서 잡히는 꽃돔처럼 선홍색이다. 오줌을 여러 번 지렸는지 쿱쿱한 냄새가 코끝에 미친다. 창백한 낯빛의 김헌일은 입을 다물지 못한다. 둔탁한 쇳소리와 함께 창살문이 열리자 의식이 없어 보이던 방만식은 반사적으로 양팔로 얼굴을 감싸며 짐승처럼 울부짖는다. 말이 없고 사나이다웠던 평소 모습은 찾아볼 수 없다. 김헌일이 그의 넓은 어깨를 잡아 흔들며 이름을 불러 보지만, 그는 실성한 사람처럼 '어어' 거리는 소리만 내지를 뿐이다.

지서에서 내어 준 차로 방만식을 그의 집으로 데려간다. 아궁이에 불을 지피고 아이를 구해 침바치를 부른다. 식은땀을 비 오듯 흘리며 경기를 일으키는 방만식의 곁에서 김헌일은 죄책감이 밀려온다. 욱하는 성질만 아니었으면 그가 이렇게까지 곤욕을 치르지 않아도 되었을 것이다. 그런 생각이 들수록 김헌일의 가슴은 더욱더 아프다.

붉게 노을이 질 즈음 홍성수가 흰 쌀죽을 보자기에 들고 화북봉 기슭으로 올라온다. 이미 침바치가 다녀간 뒤라 방만식의 경기도 조금은 안정이 된 듯 보인다. 시커멓게 죽은 피를 한 바가지나 뽑아내고 등에 고슴도치처럼 많은 침을 놓아도 부기는 빠질 기미가 보이지 않았다. 일렁이는 초롱불 아래에서 말없이 방만식을 내려다보던 홍성수가 길게 한숨을 내쉬며 말한다.

"심부름 온 아이로부터 대충 이야기는 들었네만, 차마 눈뜨고 볼 수가 없군. 사람을 이 지경으로 만들어 놓다니……."

“침바치 하르방 말이 조금만 늦었어도 목숨이 위태로웠을 거라더군요. 원체 건강을 타고난 사람이라 그나마 다행이라고 말입니다.”

“어떻게 빼 왔나?”

“형님이 두고 간 돈을 쑤셔 넣었지요.”

홍성수는 말없이 고개를 끄덕인다.

“형의 짓이라고 생각하는 건 아니겠지?”

“형 말고 또 누가 있겠습니까? 요즘은 입천장만 보여도 사돈에 팔촌까지 잡아다 족치는 세상이니까 지레 겁을 먹은 거지요. 2년이나 지난 일을 아직도 마음속에 새겨 두고 있다가 이렇게 복수를 한 겁니다.”

조용히 누워 있던 방만식의 입에서 다시 신음 소리가 새어나온다. 해가 지면서 부쩍 신열이 많아진 것 같다. 김헌일은 물박새기로 차가운 물을 떠와 얇게 접은 무명천을 적신다. 방만식의 얼굴을 이리저리 훔치고 다시 물박새기에 담갔다가 그의 이마에 올려놓는다. 옆에서 조용히 지켜보던 홍성수가 걱정스럽게 말한다.

“정신이 들면 억지로라도 미음을 쑤어 먹여야 할 텐데……. 그건 그렇고 자넨 언제까지 여기에 있을 작정인가?”

“침바치 하르방 말이 사나흘이 고비랍니다. 그때까지는 자리를 지켜야지요.”

“제수씨가 걱정이 많네.”

홍성수의 말에 김헌일은 아무런 응답도 하지 못한다. 인선 이야기가 나올 때마다 김헌일은 언제나 고개를 조아릴 뿐이다. 말이 없고 사려 깊은 성격에 어디 한 군데 아쉬운 곳이 없는 참한 아내를 못내 측은하고 불쌍하게 여기기 때문이다.

어릴 적부터 허약하고 신경질적인 작은아들을 위해 그의 아버지는 고르고 골라 며느리를 얻었다. 광주에서 중학교를 나와 어느 정도 학식과 교양이 있을 뿐 아니라 원 조상이 육지서 건너온 족보 있는 가문이어서 없는 살림에도 집안 교육을 잘 받았을 거라는 생각이 아버지의 마음을 움직였다.

아버지 생각처럼 본바탕이 좋아서일까, 그녀는 매서운 시아버지의 시집살이를 불평 한마디 없이 잘 견디어 냈다. 씨가 부실한 탓에 아이가 들어서지 않는 죄까지 뒤집어쓰면서도 그녀는 꿋꿋이 집안을 꾸려 나갔다.

"그렇다면, 나도 당분간 여기서 지내야 할 것 같군. 자네 없는 집에서 제수씨와 있는 것도 실례가 될 테니."

"저 때문에 괜히 형님이 고생이오."

"청주가 있으면 좋겠네만, 이런 날씨엔 따뜻하게 데운 청주가 그만이지."

애주가답게 홍성수는 술타령을 시작한다.

방만식의 의식이 돌아온 건 3일이 지난 뒤였다. 밤낮없이 신음소리가 흘러나오던 방 안에는 대신 긴 침묵이 이어졌다. 말이 없는 과묵한 성격의 방만식이지만 정신이 돌아온 뒤에도 그는 입 한 번 빵긋하지 않았다. 무표정한 얼굴로 멍하니 천장을 바라보거나 벽을 향해 있는 것이 고작이었다. 거동은 불편했지만 식성이 돌아온 탓에 빠른 회복을 보였다. 그가 기력을 회복함에 따라 김헌일은 집으로 돌아갈 결심을 굳혔다. 방만식이 자신을 부담스러워한다고 느낀 탓이다. 오래전부터 김헌일의 집안일을 돕던 할망이 대신 방만식을 돌보기로 했다. 전날 마을을 내려간 홍성수는 무슨 급한 볼일이 생겼는지 감감 무소식이다.

집 정리를 끝낸 김헌일이 방으로 들어간다. 할망은 미시(未時)에 온다고 했으니 그동안만이라도 방만식과 대화를 나누고 싶었다. 그가 마른기침을 하며 방만식이 누워 있는 머리맡에 양반 다리를 한다. 하지만 방만식은 이불 속에서 꿈쩍도 하지 않는다. 한동안 그를 내려다보던 김헌일이 조심스럽게 이름을 부르자 마지못하는 척 몸을 뒤척인다. 그러나 끝내 김헌일과 눈을 마주치지 않는다.

"나는 오늘 내려갈까 하네."

등을 보이고 누운 방만식은 가타부타 말이 없다.

"가운데곤지동에 살 때 우리 집 정지에서 일하던 욕쟁이 할망을 기억하나? 나 대신 당분간 자넬 돌보기로 했어. 불편해할까 봐 일부러 그 할망한테 부탁한 거야."

여전히 응답 없는 방만식이다. 김헌일은 잠시 침묵을 지키다가 다시 입을 연다.

"나쁜 일은 빨리 잊어버리는 것이 상책일세. 뭐든 가슴속에 묻어 두면 병이 되니까. 침바치 하르방이 고비는 넘겼다고 했으니 몸조리나 하면서 보내게. 필요한 것이 있으면 언제든 할망에게 이야길 하구."

"……."

"할망은 점심때쯤 올라온다고 했어……. 그럼, 난 이만……."

"이것도 악연이겠주?"

자리를 일어서던 김헌일이 멈칫거린다. 그러나 방만식은 더 이상 입을 열지 않는다. 잠시 방만식의 넓은 등을 바라보던 김헌일이 다시 몸을 일으킨다. 뼈 있는 말처럼 들려 신경이 쓰인다. '악연이라니.' 일어서서 그를 한 번 더 내려다본다. 여전히 벽을 향한 채 누워 있는 방만식은 숨소리 한 번 내지 않는다. 능선을 타고 불어오는 차가운 바람이 문틈으로 들어오며 새소리를 낸다.

권유순의 시아버지가 쓰러진 건 홍성수가 화북봉 기슭을 오르던 날이었다. 징용으로 끌려간 이후 소식이 끊어진 아들을 대신해 힘든 농사일을 도맡아 하던 권유순의 시아버지가 바람을 맞은 것이다. 관절염으로 고생하는 시어머니 혼자서 쓰러진 남편을 돌보기에는 역부족이었다. 바다에서 잠녀로 생계를 도맡다시피 하던 권유순의 어깨에 짐 하나가 더 얹힌 셈이다. 그 사실을 알게 된 홍성수의 마음은 갈피를 잡을 수 없을 만큼 답답해졌다. 권유순의 발목을 잡는 일이 또 하나 늘어난 이유도 있었지만, 가녀린

몸으로 두 식구를 부양해야 하는 그녀의 고달픈 삶에 마음이 아팠던 탓이다. 가끔 화덕에서 몸을 녹이는 권유순을 먼발치에서 바라보며 가슴을 애태우는 일 말고는 딱히 홍성수가 할 수 있는 게 없었다. 마을 사람들의 눈과 입이 무서워 대놓고 그녀 가까이 다가갈 수도 없는 노릇이었다. 더구나 김종일이 마을을 다녀가고 난 뒤부터 마을 사람들, 특히 공회당에 모여 자주 회합을 가지던 동네 젊은이들의 태도가 어딘지 모르게 달라져 있었다. '육짓것' 하며 은근히 거리감을 두던 마을 어른들과는 달리 호감을 나타내던 청년들마저 홍성수를 꺼리는 듯 보였다. 그런 분위기는 마을로 내려온 김헌일도 마찬가지였다.

가운데곤지동에 있는 본가를 손보기 위해 사람을 부리려 해도 나서는 이가 없었다. 곤지동에서 유일한 기와집인 본가를 김헌일이 돌보지 않은 이유는 그 집에서 풍기는 아버지의 체취 때문이었다. 고만고만한 사람들이 모여 사는 마을에서 유일하게 소작을 놓고, 50여 마리가 넘는 우마를 키우며, 목선을 가지고 있던 김헌일의 아버지가 마을 유지로 행세를 시작한 건 어쩌면 당연한 일인지도 몰랐다. 안곤지동과 가운데곤지동 사이에 다리를 놓고 공회당을 만드는 일에 관여하기도 했지만 왜정시대에 공출과 징용, 징병에 앞장을 섰던 것도 사실이었다. 마을 청년들 중에서 아버지에 의해 반강제적으로 징집되어 떠났다가 권유순의 남편처럼 소식이 끊어졌거나 사망 통지서가 날아 온 이가 곤지동에서만 두어 명은 되었다. 소작료에 너무 인색해서 더러 원성을 사는 일이 있었다. 해방이 되고 화북리에 인민위원회가 만들어졌을 때 곤지동에서 제일 먼저 가입한 사람도 아버지였다. 학교를 다시 세우는 일에 어느 누구보다 열정을 보였고, 실제로 거금의 돈을 내놓기도 했다. 해방 후 친일파라는 멍에를 벗기 위해 김헌일의 아버지가 기울인 노력들이었다. 하지만 그런 모습들이 김헌일에게는 오히려 상처로 남아 있었다. 회색분자, 기회주의자라는 말에 심한 열등감을 가지기 시작한 것도, 결혼을 하자마자 안곤지동으로 분가해 나온 것도 그런 연유에서였다.

4

김종일이 마을에 외지사람을, 그중에서도 악명 높은 서청과 육지 경찰의 간부를 대동하고 나타나면서 곤지동의 젊은이들을 중심으로 비난의 목소리가 높아졌다. 인민위원회가 곤지동에 만들어질 당시에 인민위원회 간부로 활동하던 김종일의 행적 때문이었다. 사업상 마을을 떠나 있는 시간이 많아지면서 자연히 그의 존재가 소원해진 것은 사실이다. 그러나 3.1사건 이후 미군정과 경찰의 민전에 대한 탄압이 시작되고 우익단체가 우후죽순처럼 세를 늘려 가는 과정에서 그는 또다시 변신을 시도한 것이다. 거기다 방만식의 일까지 알려지면서 '덜 된 인간' 이라는 꼬리표가 한동안 그에게 달렸다. 덕분에 김헌일까지 마을에서 은근히 따돌림을 당하게 되었다. 화북에서 사람을 사서 본가를 손볼 수 밖에 없었던 이유이기도 했다.

3.8선 이남에서의 단독 선거가 기정사실화되면서 예비검속으로 끌려가거나 고문당하는 청년들이 다시 늘어났다. 곤지동에서 책깨나 읽었다는 젊은이들 사이에 우려의 목소리가 커졌다. 이러다 남북이 영원히 갈라서는 것은 아닌가라는 불길함 때문이다. 하지만 그런 이야기를 대놓고 할 수도 없는 세상이었다. 방만식이 사라진 것도 그 즈음이다. 마을에는 그가 산으로 올라갔다거나 일본으로 밀항했을 거라는 소문이 나돌았다. 김헌일이 뒤늦게 방만식의 집으로 찾아갔을 땐 이미 그가 살던 집은 폐가처럼 음습하기만 했다. 차라리 자신에게 욕이라도 하고 사라졌으면 마음이 한결 가벼웠을 것이다. 김헌일은 마루에 걸터앉아 한숨을 내쉬는 일 말고는 아무것도 할 수 없었다.

잔바느질을 하던 인선이 인기척에 마루방으로 나간다. 마당 쪽을 바라보니 오버코트를 입은 젊은 여자가 커다란 짐 가방을 양손에 들고 엉거주춤 서 있다. 인선이 누굴 찾아왔냐고 묻자 젊은 여자는 기어 들어가는 목소리로 '김 사장님이 보내서 왔어요.' 라고 대답한다. 처음에는 김 사장님이 누군지 이해하지 못하다가 곧 시아주방이라는 사실을 깨닫는다. 인선은 마당으로 나가 젊은 여자의 짐 가방을 빼앗아 들고 마루방으로 올라간다. 한눈에 봐도 미인이다. 피부는 하얗다 못해 눈꽃처럼 파리하다. 붉은 입술과 웨이브 진 머리카락이 유난히 인선의 눈에 들어온다. 마을에서 흔히 볼 수 있는 검고 탄력 없는 피부의 아녀자들과는 다르다. 여자는 찬바람에 붉어진 뺨을 어루만지며 살포시 눈웃음을 짓는다. 첫인상이 과히 나쁘지 않아 인선은 마음이 놓인다.

"시아주방은 같이 안 옵데가?"

젊은 여자는 말없이 고개를 끄덕인다.

"그럼, 혼자 영까지 찾아왔다는 말이우과?"

"화북국민학교 근처까지 차로 바래다주셨어요. 사장님은 일이 많아서 다시 제주읍으로 돌아가시고 전 거기서 곤지동까지 걸어 들어왔어요."

"길은 엇케……."

"사장님이 약도를 그려 주셨어요."

메모지를 펼쳐 보이며 여자가 말한다. 눈에 익은 필체와 함께 마을 약도가 그려져 있다. 인선은 부엌에 들어가 녹차와 상외떡을 내온다. 그 사이 젊은 여자는 두꺼운 오버코트와 여우 목도리를 벗고 따뜻한 아랫목에 앉아 호기심 가득한 눈으로 방 안을 살핀다. 찻잔을 그녀 앞에 내려놓는 인선이 여자의 아랫배 쪽으로 시선을 가져간다. 코트를 입었을 때는 알지 못했는데 여자의 아랫배가 제법 불룩하다. 설마 하는 생각을 하고 있을 때 여자가 먼저 짐 가방 하나를 풀기 시작한다. 가방 안에는 커피와 설탕, 비스킷 같은 먹거리들로 가득하다. 시레이션 상자는 따로 방 한켠에 밀어 놓고 코트 안주머니에서 노란 봉투를 꺼낸다. 여자는 인선에게 봉투를 내밀면서 애교 섞인 목소리로 말한다.

"돈은 사장님이 꼭 전해 달라고 부탁하신 거예요. 그리고 이건 사장님이 일본에 들어갈 때마다 늘 가지고 나오는 물건이에요. 제가 커피를 좋아하거든요."

"아직 커피는 마셔 보지 못했는데, 갠, 그걸로 마셔 볼까우다."

인선은 다시 부엌에 들어가 물 주전자와 찻잔 두 개를 가지고 돌아온다. 하지만 커피는 그녀 대신 젊은 여자의 몫이다. 커피 타는 모습을 살피는 인선에게 여자가 찻잔을 내민다. 조심스럽게 커피를 입으로 가져가는 그녀의 미간에 주름이 인다. 한 모금을 마셨을 뿐인데 탄약 같은 씁쓸한 맛이 입안에 가득하다. 그 모습이 우스운지 여자가 환하게 웃는다.

"미국 사람들은 녹차보다 커피를 더 좋아한대요. 여기 있는 비스킷과 같이 먹어도 좋고 우유에 타서 마시면 더 맛이 있어요."

"게매 난……."

"그럼, 설탕을 더 넣어서 드셔 보세요."

젊은 여자가 찻잔에 설탕을 타는 동안 인선은 다시 한 번 여자의 아랫배를 살핀다.

"갠데, 시아주방하고는 어떤 사이수과?"

찻잔을 내미는 여자의 얼굴이 귓불까지 발갛게 달아오른다.

"친언니가 제주읍에서 다방을 해요. 일 년 전부터 저도 거기서 언니와 생활해 왔어요. 그러다 다방 단골손님이신 사장님과……."

"혹시, 그 뱃배기는……."

"8개월째예요……. 사장님께서 손 귀한 집안의 장남이라고 하시면서 아들 하나만…… 아들 하나만 낳아 달라고 애원하시기에……."

젊은 여자는 자신의 배를 양손으로 만지면서 부끄러운 듯 고개를 숙인다. 인선은 그제야 모든 걸 이해할 수 있었다. 갑자기 본가를 손봐 달라고 부탁한 시아주방의 의도가 무엇인지, 턱없이 많은 돈을 자신에게 건네주는 이유도 알 것 같다. 인선은 갓 스물이 넘었을 것 같은 앳된 얼굴에 윤기 있는 머리카락을 가진 여자를 말없이 바라본다. 결혼 5년 동안 아이가 들어서지 않는 그녀로서는 앞에 앉은 젊은 여자의 배가 여간 부러운 것이 아니다. 친정에서 좋다는 보약을 가져다 남편에게 먹여도, 보름달 뜨는 날 마당 한쪽에 정화수 떠놓고 손바닥이 닳도록 빌어도 소용없는 일이었다.

"시아방 살아 계셨다면 얼마나 좋아하싯으까……. 손자 한 번 안아 보는 것이 전생의 소원이셨으니."

그녀가 내뱉는 말 한마디에 젊은 여자의 얼굴에 다시 웃음꽃이 핀다. 정식으로 결혼한 사이도 아니고 처녀가 배불러 찾아온 탓에 어디 한 군데 흉잡히지 않을까 은근히 고민을 한 모양이다. 그런 그녀의 모습이 인선에게는 오히려 고맙게 느껴진다. 어차피 대를 이을 아이라면 그 바탕도 중요하기 때문이다. 다방이라는 곳에 있었다고는 하지만 다행히 막돼먹은 여자는 아닌 듯해서 안심이 되는 것이다. 인선은 계속해서 질문을 던진다.

"이름이 어케 됩수과?"

"한석희라고 해요."

"예쁜 이름이우다."

"아버지 친구 분이 경주까지 가서 지어 오신 거래요. 경주에서 작명하시는 유명한 분한테 돈을 주고……."

스스로 무안하게 느꼈는지 뒷말을 잇지 못하는 젊은 여자의 얼굴이 다시 발개진다.

인선은 오랜만에 수다를 떨어 본다. 부잣집으로 시집간다고 주변에서 부러운 눈초리도 많이 받았다. 원체 못 먹고 못사는 섬이다 보니 끼니 걱정 안 하는 집으로 시집간다는 것만으로 부러움의 대상이었다. 거기다 다정다감한 남편에 순박한 동네여서 운이 좋은 팔자라고 생각했다. 하지만 외로움이라는 것은 인간의 어쩔 수 없는 심성인 듯 했다. 시아버지가 돌아가시고 난 뒤부터는, 다정다감하지만 매사에 침울하고 심각하기만 한 남편과 1년에 한두 번 얼굴을 보일 뿐인 시아주버니가 전부인 집안에서 그녀는 늘 외톨이나 마찬가지였다. 드물게 중학교 친구가 찾아오는 경우를 제외하고는 이렇게 마주앉아 이야기를 나눌 수 있는 기회가 없었다. 더구나 시아주버니가 경찰과 함께 방문한 뒤부터는 마을 아낙들도 그녀에게 마음을 터놓지 않았다.

평소보다 늦게 들어온 김헌일에게 인선은 한석희를 소개한다. 자초지종을 들은 김헌일은 생각보다 깍듯하게 그녀를 대한다.

어쩌면 은근히 이런 날을 바라고 있었는지도 모를 일이다. 조용히 본가 이야기를 꺼내는 김헌일은 형의 안부를 묻는 것도 잊지 않는다. 서로 서먹서먹한 구석이 있었지만 그래도 형제로서의 우애는 두터운 편이었다.

"형님은 여전히 바쁜 모양이지요?"

"요즘엔 군정 법무관이나 재산 관리관의 미군과 어울려 다니시는 것 같아요. 인플레가 심해서 우리나라 돈은 더 이상 믿을 수가 없대요. 난리가 나도 달러만 있으면 세상 어디서도 잘살 수 있다고……. 달러를 가지고 있어야 한다고 늘 말씀하세요. 일본에서도 달러를 모으려는 사람이 많다구요."

김헌일은 인선이 건네준 돈 봉투를 생각한다. 어릴 적부터 이재에 밝은 형이었다. 제주읍에 볼일이 있어 다녀오는 동네 사람들도 형 이야기를 빼먹지 않고 들려주었다. 읍에서도 소문날 정도로 성공한 형이었지만, 김헌일은 결코 자랑스럽게 여길 수가 없다.

"그렇잖아도 본가를 손봐 뒀어요. 불편한 것이 있으면 어렵게 생각하지 마시고 언제든 아내에게 말씀하세요. 지들키를 사 왔으니 제가 굴묵에 불을 넣어 드리겠습니다."

"신경 써 주셔서 고맙습니다. 도련님."

도련님이라는 호칭에 김헌일은 겸연쩍은 얼굴이 된다. 옆에서 조용히 듣고 있던 인선도 말없이 눈웃음을 짓는다.

구정이 다가왔다. 김종일은 차례 지내는 날 아침에 잠시 들렀다가 곧장 제주읍으로 되돌아갔다. 손 귀한 집안이라 친척이라고 모여 봤자 두 형제 내외가 고작이었다. 김종일은 직접 백미 두 섬을 차에 실어 가져왔는데 그중 한 섬은 본가에, 그리고 나머지 한 섬은 안곤지동으로 가져왔다. 김헌일은 방만식의 일에 대해서 따지고 싶었지만 마음에 묻어 두기로 결심했다. 대신 방 안에 어깨를 맞대고 있으면서도 말 한마디 건네지 않았다. 2주 전부터 본가에 살기 시작한 한석희만이 부엌일을 거들며 좋아할 뿐이다.

곤지동의 마을 사람들도 다른 해보다 차분한 구정을 보내고 있었다. 하지만 분위기 자체가 평온한 것은 아니었다. 일가친척이 많이 모이는 안곤지동 김 노인 집에서도 떠들썩하게 어울리던 종지윷놀이를 하지 못했다. 경찰보조 단체나 마찬가지인 대동청년단에 가입한 친척 몇몇이 은근히 따돌림을 당하자 이에 분개해 술상을 뒤엎는 일이 생긴 탓이다. 잔치 분위기가 아니라 토론장으로 변한 공회당에서도 마을 젊은이 몇몇이 모여 앉아 '왜놈 대신에 미군정이 들어앉은 것 말고 달라진 것이 있냐'며 현 시국에 강한 불만을 나타냈다. 여전히 친일 고문경찰이 활개를 치고 다니는 데다 왜정 말기보다 나아질 것 없는 궁핍한 생활을 한탄하는 사람이 늘어갔다. 대대로 외지인들에 의해 수탈을 당해온 섬사람 특유의 피해 의식이 모든 상황을 냉소적으로 바라보게 만들었는지도 몰랐다. 고문 후유증을 앓고 있던 농업학교 출신의 최는 제주도민을 미개인 취급하는 것도 문제지만 입만 벙끗 해도 빨갱이라고 오뉴월 개 잡듯 하는 육짓것들이 더 큰 문제라고 울분을 토했다. 밀수품을 수색한다는 명목으로 산간 마을을 돌아다니며 폭력과 추행, 갈취를 일삼는 일이 끊임없이 이어지고 있어 청년들 또한 최의 말에 동조하는 분위기였다. 청주나 얻어 마실 요량으로 공회당에 들렀던 홍성수는 불과 몇 달 사이에 달라진 공회당의 분위기를 피부로 직접 느낄 수 있었다. 최가 말했던 육짓것의 한 명인 그는 공회당 입구에서 잠시 머뭇거리다가 되돌아 나올 수밖에 없었다.

5

어딘지 모르게 어수선한 공기가 화북에서부터 마을 젊은이들의 집회가 이루어지는 공회당으로, 거기서 다시 마을로 퍼져 나갔다. 3월에는 조천중학원생이 경찰의 고문 때문에 숨지는 사건이 발생했다. 비슷한 시기에 대정면 영락리와 한림면 금릉리에서도 마을 청년이 경찰에 의해 살해되는 사건이 일어났다. 식량난과 양곡배급을 둘러싼 잡음이 커지면서 난리가 일어날지도 모른다는 소문이 돌기 시작했다. 중산간 마을에 사는 어린 테우리가 산속에서 군사훈련을 하는 산사람을 보았다거나, 해녀들이 물속에서 일본군이 사용하던 99식 소총과 수류탄을 건져 산으로 올려 보낸다는 믿기 어려운 소문까지 입에서 입으로 전해졌다. 그러나 그 모든 풍문들은 말 그대로 풍문일 뿐이었다.

김헌일은 본가 마당에 서성거리며 담배를 피워 문다. 폐를 상한 이후 될 수 있으면 담배를 피우지 않던 그가 입 안 가득 담배 연기를 들이마신다. 전날부터 조짐이 이상하더니 새벽녘이 되면서 한석희의 사타구니에서 양수가 흘러나오기 시작했다. 차분하던 인선도 평소와 달리 호들갑을 떨며 김헌일에게 매달렸다. 아내의 등쌀에 방만식을 돌보던 할망을 부르러 다니고 부엌에 들어가 물을 데우느라 한동안 정신이 없었다. 큰방에서는 한석희의 신음 소리가 계속해서 흘러나온다. 가끔 '여보록서보록(될 수 있는 대로 힘써)' 하는 할망의 짙은 사투리도 섞여 있다. 김헌일의 손에도 땀이 맺힌다. 형에게 소식을 전하러 화북으로 나갔던 홍성수는 아직 돌아오지 않았다. 그는 담배 한 개비에 다시 불을 붙인다. 임종 직전까지 손자를 보고 싶어 하던 아버지의 얼굴이 자꾸만 아른거린다. 대를 잇지 못할 팔자라 생각했지만 그동안 조상 볼 면목이 없었던 것도 사실이다. 처음부터 결혼에는 관심이 없었던 형이 그래서 더욱 미웠다. 아내가 아버지에게 '되싸질년' 이라는 소리까지 들어가며 힘들게 시집살이를 할 때마다 형에 대한 원망이 커져 간 것은, 그런 사정을 잘 아는 형이 소문이 날 만큼 계집질을 하면서도 책임질 일은 결코 하지 않았던 때문이다. 무슨 일이든 차분하게 처리하던 아내까지 어쩔 줄 몰라 하는 기색이 완연한 걸 보면 그녀 역시 김헌일과 같은 생각을 하고 있었을 것이다.

방문이 열리면서 인선이 소리친다. 김헌일은 담배를 피우다 말고 쳇방 가까이 다가선다. 통증 주기가 빨라지면서 한석희의 신음 소리가 잦아진다. 그만큼 아내의 얼굴에도 마른땀이 흐른다.

"더운물 좀 가져다줍서."

"어어……."

김헌일은 대답도 못하고 부엌으로 급히 몸을 돌린다. 마음과는 달리 행동은 선무당처럼 엉성하고 거칠기만 하다. 더운물을 어디에 담아 가야 할지 부엌 안을 마구 들쑤시고 다닌다. 그러다 급한 마음에 설거지할 때 사용하는 장탱이에 물을 담아 가지고 나온다. 인선이 마루방까지 나와 장탱이를 받아 들고 방으로 들어간다. 방문이 닫히자마자 곧 할망의 고함 소리가 울린다.

"아일 삶아 죽일 작정이주. 찬물 좀 떠 주오."

문 밖에 서 있던 김헌일이 다시 물허벅을 찾아 나서랴 물박새기를 찾아 나서랴 혼쭐을 뺀다. 그렇게 여삼추 같은 일각이 지났을까, 방 안에서 기다리던 아기의 울음소리가 터져 나온다. 어떻게 들으면 고양이 울음소리처럼 가냘프다. 김헌일은 마루방으로 뛰어 올라가 방문을 열어젖힌다. 놀란 인선이 찬바람 든다고 손사래를 치면서 김헌일을 마루방으로 밀쳐 낸다. 떠밀려 나가면서도 아내의 어깨너머로 보이는 아이의 붉은 살결에서 눈을 떼지 못한다. 불덩이를 삼킨 듯 가슴속이 뜨거워진다. 이런 게 아비 마음이구나. 이런 게 행복감이라는 거구나……. 조카일

망정 김헌일은 벅차오르는 감정을 추스르지 못한 채 한동안 방문 앞을 기웃거린다.

사내아이라고 말하는 인선의 눈자위가 붉다. 김헌일은 말없이 아내의 등을 토닥거린다. 시집오면서부터 늘 한쪽 가슴을 짓눌렸던 죄책감에서 그녀는 겨우 벗어날 수 있었다. 기쁨의 표현이라는 것을 알면서도 김헌일은 인선의 그런 모습이 못내 안쓰럽다. 그녀 또한 얼마나 아이를 갖고 싶어 했던가. 초산이라 그만큼 고통도 심했을 한석희에게 미역국이라도 떠먹여야겠다면서 부엌으로 들어가는 인선의 뒷모습이 그래서 작아 보이는지도 모른다. 김헌일은 먼문 앞에 금줄을 달고 탯줄을 무명에 싸서 바닷가로 향한다. 짙은 초록의 바다에 탯줄을 던진다. 탯줄과 함께 오랫동안 김헌일의 가슴에 남아 있던 짐 하나도 바닷속으로 던져 버린다. 흰 무명이 일렁이는 파도에 천천히 가라앉는 모습을 보면서 발걸음을 돌린다. 멀리 화북봉 오름에서 봉화가 피어오르는지 해풍에 흩어지는 연기가 빠르게 사라진다.

저녁 무렵에야 돌아온 홍성수는 초췌한 얼굴로 김헌일과 대면한다. 먼문에 걸린 고추 달린 금줄을 보고 축하 인사를 나누면서도 그의 얼굴에는 여전히 어두운 그림자가 배어 있다.

"화북에서 무슨 일이 있었습니까?"

조심스럽게 물어 오는 김헌일에게 홍성수는 '기쁜 날 축하주라도 한잔해야지'라며 말을 돌린다.

인선이 술상을 놓고 나가자 홍성수는 그제야 굳게 다문 입을 연다. 평소와 달리 김헌일 앞에서도 담배를 피울 만큼 그의 머릿속은 복잡한 생각으로 가득 차 있는 것 같다. 세 개비째 피워 대는 담배 때문에 방 안은 매콤한 연기로 가득하다.

"종일이 녀석이 그래도 장남 노릇을 하는군."

"저도 안심입니다. 그동안 마음고생이 심했는데……."

"어쨌든 축하할 일이야. 산모하고 애는 모두 건강하겠지?"

"아내가 미역국을 끓여 방으로 들어갔는데 그 자리에서 한 그릇을 뚝딱 해치웠답니다. 아이는 형님을 닮았는지 울음소리가 화통을 삶아 먹은 것 같아요."

"이거, 정말 술 한잔 마셔야겠군. 자네부터 한잔할 텐가?"

홍성수가 잔에 술을 채운다. 김헌일은 술잔을 입으로 가져가 단번에 들이킨다. 빈 잔을 털어 홍성수에게 다시 건넨다.

"그런데 화북에 나간 일은 어떻게 됐습니까? 형님하고는 통화가 됐나요?"

김헌일은 마당을 들어서던 홍성수의 어두운 얼굴이 기억나서 묻는다. 그는 말없이 술을 마신다. 아내가 안주로 내온 둠비에 마농지를 곁들여 입으로 가져간다.

"종일이와 통화는 못했지만 비서에겐 소식을 전했네……."

잠시 침묵을 지키던 그가 다시 입을 연다.

"새벽에 화북지서가 습격을 받았다는군. 돌아오는 길에 잠시 근처를 가봤더니 지서가 불에 타서 뼈대만 남아 있었어. 대동청년단 간부도 죽고 순경과 그 가족도 당했다는 소릴 들었네."

"그게 무슨 말입니까?"

"산사람들이 내려와 그런 짓을 했다는 거야. 응원 나온 경찰이 무서워 자세히 보지는 못했네만 산사람들이 뿌리고 간 삐라에는 탄압이면 항쟁이라는 글이 쓰여 있더군."

"봉화 오른 걸 예사로 생각했더니, 그게 아니었군요. 하지만 누가……."

"누가 그랬는지 조사하는 것도 중요하지만, 응원 나온 경찰들이 애 어른 할 것 없이 잡아다 족치는 것도 문제야. 애매한 사람 다치게 될까봐 걱정이네."

"그런 일이야 일어나겠습니까?"

"자네 말대로만 된다면야 바랄 게 없지. 하지만 말야."

홍성수는 다시 술잔을 입으로 가져간다.

"불길한 생각이 들어."

"생각하기 나름이지요. 더구나, 이런 변두리 해안마을까지 영향이 미치겠습니까?"

김헌일이 홍성수의 빈 잔에 술을 따른다. 작은 폭동이 일어났을 뿐이라 생각하고 싶다. 거기다 오늘은 경사스러운 날이 아닌가. 그저 기분 좋게 취하고 싶을 뿐이다. 그러나 홍성수의 얼굴은 여전히 어둡다. 길게 한숨을 내쉬며 술잔을 든다. 취기가 오를수록 권유순의 얼굴이 아른거린다. 그녀를 버려두고 떠날 순 없다고 다짐하듯 마음속으로 외쳐 보지만 불길한 여운은 가시지 않는다.

나흘이 지나도록 김종일로부터 아무런 소식이 없다. 내색을 하진 않지만 한석희의 얼굴에도 아쉬움이 묻어 나온다. 인선은 모믈죽을 들고 방 안으로 들어간다. 나흘 동안 한석희의 수발을 하면서도 아이 얼굴에서 눈을 뗄 수가 없다. 신생아답지 않게 속눈썹이 길고 짙다. 우물거리는 입을 보고 있노라면 저절로 미소가 인다. 모믈죽을 먹던 한석희가 인선을 부른다.

"아직, 소식이 없나요?"

"일이 바쁜 모양이주……. 아이가 자네보단 시아주방을 많이 닮은 갑서."

힘없이 숟가락을 놓는 한석희에게 인선이 밝은 목소리로 대꾸한다.

"아이 이름을 지어야 할 텐데……. 시아주방하고 이야기한 적 없수콰?"

고개를 끄덕이는 한석희의 눈자위가 금방이라도 울음을 터뜨릴 기세다. 인선이 그녀 곁으로 다가간다.

"오늘까지 아무런 연락이 없으멘 제주읍으로 올라가 봐야겠다고 남펜이 그랬주. 직접 통화를 한 것이 아니라 연락이 못 미쳤을지도 모르쿠."

"……."

"남펜은 애기구덕을 만든다고 난리우다. 무얼 저렇게 손수 만드는 일이 드문데, 집안에 아이 울음소리가 나멘서부터 사람 사는 집 같다고 좋아하수꽈."

한석희가 슬며시 인선의 손을 잡는다.

"고마워요."

"시아주방 오면 결혼부터 해야주. 비바리 애 놓게 하구선 나 몰라라 하진 않겠지만, 정식으로 결혼을 하멘 시아주방 역마살도, 자네 근심도 없어지겠주."

한석희의 얼굴이 다시 밝아진다. 울다가도 언제 그랬냐는 듯 환하게 웃는 그녀의 모습에 인선도 마음이 놓인다. 시아주버니가 결혼을 하고 이곳 본가에 눌러앉으면 아기의 커 가는 모습을 고스란히 볼 수 있을 거라는 기대감 또한 크다. 도새기 새끼만 봐도 가슴 뭉클해지던 그녀로서는 행복한 상상이다. 아이가 배가 고픈지 칭얼거린다. 한석희가 아이의 조그만 입에 젖을 물리는 동안 인선은 기저귀로 사용할 무명을 찾아 펼친다. 삶고 햇볕에 말려서 부드럽게 만든 무명을 일정한 크기로 자르기 시작한다.

곤지동은 평소와 다름없이 조용하다. 홍성수는 습관처럼 공회당 근처를 지나쳐 권유순이 살고 있는 집으로 향한다. 공회당에 인기척이 없는 걸 보면 어젯밤에도 마을 청년들의 회합이 없었던 모양이다. 화북에서 사람이 죽어 나가고 지서가 불에 타면서부터 공회당은 마을 청년들 대신 노인들이 가끔 들러 놀다 가는 곳으로 변했다. 혹 불똥이 이곳 곤지동까지 튈까 봐 마을 젊은이들은 행동거지에 신경을 썼다. 언제든 떠날 수 있게 옷과 찐쌀을 배낭에 넣어 두고 여차하면 일본으로, 육지로, 산으로 튀어 버릴 준비를 하는 것이다. 물론 위기감을 느끼는 것은 홍성수도 여느 마을 청년과 다르지 않았다. 단지, 권유순과 같이 서울로 올라가야 한다는 막연한 생각이 신념으로 변해 가고 있었다. 안곤지동에서도 변두리에 있는 권유순의 집으로 향하는 홍성수의 마음은 무겁게 가라앉는다.

마당에 나와 있는 권유순의 모습이 보인다. 삶은 보리가 담긴 광주리를 돌담 위에 올려놓는 그녀와 홍성수의 눈이 마주친다. 그녀는 당황한 낯빛으로 주변을 두리번거린다. 담 하나를 사이에 두고 홍성수가 권유순에게 말을 건넨다.

"왜 자꾸 피하려고만 합니까?"

몇 번이나 홍성수는 권유순에게 올봄에는 꼭 고향으로 돌아가야 한다는 사실을 알렸다. 하지만 그녀는 묵묵부답으로 홍성수의 마음을 애타게 만들었다. 새벽에 연자방아 근처에서 기다려도 더 이상 그녀를 만날 수 없었다. 그런 날이 벌써 보름이 넘어가고 있었다.

"여기까지 어떻게……."

"만나주지 않으니 찾아온 겁니다. 제 마음을 이렇게도 모르세요?"

"시아방과 시어멍은 제가 없으면 아무것도 할 수가 없어요."

"그렇다고 유순 씨 인생까지 저당 잡힐 필요는 없잖아요."

"누가 인생을 저당 잡힌다는 말인가요? 전 그런 생각해 본 적 없어요."

시어머니 목소리가 방 안에서 들려온다. 누가 왔냐고 물어보는 시어머니에게 권유순은 아니라고 황급히 응답한다. 징용에서 돌아오지 못한 아들 때문에 조그만 인기척에도 마음 졸이며 신경을 쓰는 시어머니다. 혹 방문을 열어젖힐까 봐 권유순은 홍성수를 불안한 눈길로 바라본다.

"오늘 밤 안드렁물에서 기다리겠습니다."

"나갈 수 없어요."

"나오실 때까지 기다릴 겁니다."

뒷걸음질하면서도 홍성수는 권유순에게서 시선을 떼지 않는다.

곤지동은 금세 어둠에 묻힌다. 운무가 자욱한 밤이다. 구름 사이로 보름달이 모습을 드러내며 김헌일 본가의 처마 밑에 뿌연 달그림자를 만든다. 김종일은 잠시 먼문에 서서 금줄에 달린 고추를 바라본다.

곧장 곤지동으로 들어가려는 김종일을 붙잡은 사람은 서청의 비서부장이었다. 여기저기서 폭동이 일어나서 경찰과 우익단체의 사람이 납치를 당하거나 살해당하고 있다는 이야기를 늘어놓았다. 전날 비가 내리면서 싸늘해진 날씨 탓에 유달리 추위를 타는 김종일은 일찍 자취방으로 들어가 이부자리를 깔았다. 평소보다 30분 정도 늦게 사무실로 출근해 비서가 타 주는 커피를 마시고 조간신문을 읽을 때까지도 그는 꿈에도 그런 사실을 알아차리지 못했다. 김종일뿐만 아니라 사무실에 근무하는 직원들도 마찬가지였다. 여비서가 커피와 함께 전해준 한석희의 출산 소식을 듣자마자 정신없이 사무실을 나서려는데 비서부장이 사색이 된 얼굴로 계단을 올라오고 있었다. 군복에 권총까지 찬 그는 평소의 대범한 모습과는 달리 불안해 보였다.

"무슨 일이야? 그 꼴은 또 뭐고."

"이보라. 큰일 났어. 간밤에 빨갱이 간나들이 폭동으 일으켜 가지고서는 난리가 났슴메."

"폭동이라니?"

"1구뿐 아니라 2구 관내의 지서까지 폭도들의 공격으 받아 가지고서는 난장판이 되었슴메. 경찰이고 민간인이고 할 것 없이 죄다 답아죽이고 다니는 모양이야. 지금 서청에서도 비상이 걸렸수다."

"사람이 죽어? 도대체 누가 누구를 죽인다는 말인가?"

"나도 그러케 자세히는 알디 못해. 통신이 두절된 곳도 많아서리. 어디서 얼마나 듁었는디는 시간이 지나봐야 알 수 있는 거디."

계단 아래를 내려다보니 스리쿼터가 시동을 건 채 비서부장을 기다리고 있었다. 그는 1구인 제주 경찰서 관내의 지서 중에서 새벽에 피습을 받은 화북과 삼양, 조천, 한림지서 등을 순찰해야

한다고 말했다. 지서뿐 아니라 서북청년단의 숙사도 피해를 당했다고 비서부장은 분해했다. 그의 말을 듣고 보니 왓싸 시위처럼 단순한 분쟁으로 생각할 일은 아닌 듯했다. 스리쿼터에 타고 있는 사내들도 모두 중무장을 하고 있었다. 김종일은 곤지동에서 가까운 화북지서도 습격을 받았다는 사실이 마음에 걸렸다.

"나도 마침 곤지동으로 들어갈 참이었네만……. 화북에서도 폭동이 일어났나?"

"지금 들어가면 위험해질지도 몰라. 당분간은 생각도 하디 말라."

때를 기다렸다가 조용해진 뒤에 들어가라는 충고를 하는 비서부장의 태도는 단호했다. 하지만 김종일은 마음을 다스릴 수가 없었다. 내려가서 아이와 한석희를 안전한 제주읍으로 데려와야 한다는 생각으로 머릿속이 꽉 차 버렸다. 그렇게 비서부장의 충고도 무시하고 정신없이 곤지동 초입까지 차를 몰고 온 김종일의 눈앞에 금줄과 함께 고추가 매달려 있는 것이다.

그는 숨 돌릴 틈 없이 마당으로 들어선다. 설핏 방 안에서 사람 그림자가 일렁인다. 그가 문 앞에 서서 한석희의 이름을 부르자 방문 사이로 인선이 모습을 나타낸다. 그녀는 시아주버니에게 아들이라는 소식부터 전한다.

아이의 주름진 얼굴을 보며 김종일은 가슴 밑바닥에서부터 솟구쳐 올라오는 저린 감정을 느낀다. 양손을 꼭 쥔 채 잠들어 있는 아이를 보는 것만으로 미소가 인다. 인선은 남편을 찾는다며 조용히 밖을 나가고 방 안에 누워 있던 한석희는 바삐 얼굴 단장을 한다. 그는 머리를 매만지는 한석희의 손을 꼭 쥔다.

"수고했어."

"왜 이렇게 늦게 오셨어요?"

한석희는 반가움 대신 섭한 마음부터 털어놓는다.

"돌아가는 분위기가 심상치 않다고 모두들 만류해서 말야."

"그걸 핑계라고……."

"그래서 왔지 않아."

김종일은 한석희의 가냘픈 몸을 안는다. 바람둥이로 소문이 자자했던 김종일에게도 인연은 있었다. 아이 하나만 낳아 달라고 보채는 행동 또한 전에 없던 일이었다. 뒤늦은 나이에 진짜 사랑이라는 것을 하게 되었던 것일까. 그녀를 보는 김종일의 눈길이 예사롭지 않다.

"저녁은요?"

"그보단 짐부터 챙기지."

"무슨 말이에요?"

"화북에서도 사람이 죽었다는 소문을 들었어. 여기라고 안전하지는 않겠지."

쫓기듯 하는 김종일의 얼굴을 보며 한석희는 당혹감이 앞선다.

"아직 아이에게 찬바람 쐬게 하는 건 무리예요."

"걱정하지 마. 차를 가지고 왔으니까. 여기 보단 성내가 안전할 거야."

한석희는 김종일이 서두르는 이유를 이해하지 못한다. 화북에서 사람이 죽었다는 이야기도 금시초문인 데다 아직 일주일도 지나지 않은 아이를 데리고 야반도주하듯 떠나야 한다는 김종일의 말에 기분이 탐탁잖은 것이다. 그런 한석희의 기분을 아는지 모르는지 김종일은 아이를 싸고 있는 포대기를 펼쳐서 아들이라는 걸 눈으로 확인하며 좋아한다.

언제 왔는지 문밖에서 김헌일의 목소리가 들려온다. 김종일의 얼굴이 잠시 일그러진다. 한석희에게 짐을 싸 놓으라는 당부를 하고 작은 구들로 건너가는 동안에도 그의 심기는 여전히 불편하다. 보성전문학교 시절, 방학이 되어 내려온 김종일에게 서울 이야기를 해 달라고 조르던 곳이 바로 이 방이었다. 그때만 해도 김헌일은 김종일을 하나밖에 없는 형이라며 따르고 좋아했었다. 하지만 지금은 마주 앉아 있는 동생의 얼굴만 봐도 김종일의 마음은 불편해졌다. 순종적이고 무슨 말이든 귀담아 듣던 동생이 언제부턴가 죽은 아버지와 자신을 서슴없이 비하했다. 구정에 들렀을 때에도 마음이 편치 않았던 김종일은 동생이 자신을 대할 때마다 그런 감정을 애써 드러내는 이유를 알 수가 없었다.

"왜 이렇게 늦게 오셨소?"

"일이 좀…… 바빴어."

김헌일의 눈이 다시 한 번 김종일을 훑어본다.

"아직 아이 이름도 짓지 않았어요."

"성진이 어떨까 생각하던 중이야."

"결혼식도 정식으로 올려야지요."

"어수선한 분위기가 잦아들면……. 성수는?"

"오후 무렵부터 보이질 않아요. 공회당에 가 있겠죠."

김종일은 말없이 고개를 끄덕인다. 짐 가방을 꾸리는 한석희에게 무슨 일이냐고 인선이 소리친다. 밖에서 아내의 목소리를 듣고 있던 김헌일이 형에게 묻는다.

"짐 싸라고 했어요?"

"차를 비석거리 앞 오름에 세워 두고 왔다."

"구정에도 그러더니 왜? 고향집이 그리 편치가 않소?"

"그냥 조심하는 것뿐이야."

"뭘 말입니까?"

김종일은 헛기침을 하고는 벽에 기대어 앉는다. 동생의 게슴츠레 뜬눈이 내키지 않는다.

"만식이를 그렇게 만든 게 형이지요?"

잠시 침묵을 지키던 김헌일이 넘겨짚듯 방만식에 대해 말한다. 김종일은 대답대신 손목시계를 슬며시 바라본다.

"대관절 만식이놈 이야기는 왜 꺼내는 거야. 할 말이 그렇게 없어? 차라리 뺨 맞은 걸 따지든지……. 혼자 잘난 척하는 버릇부터 고쳐."

"초주검이 되어 있는 걸 빼왔어요. 조금만 늦었어도 목숨이 위태로웠을 겁니다. 아무리 세상이 뒤집어진다곤 해도 인정이라는 게 있지 않아요."

"너 말 잘했다. 인정이라는 거, 그래 인정을 아는 녀석이 키워 주고 재워 주고 돈까지 줘 가면서 살게 해 줬더니 임금 착취니 하면서 병든 아버지에게 난동을 부려. 물에 빠진 놈 건져 줬더니 봇짐 내놓으라는 것과 뭐가 달라."

"만식이 일본 간다고 할 때 얼마나 줘 보냈습니까?"

"이런 뭉그라멱은 놈, 그게 지금 형한테 할 소리냐! 아버지가 아니었으면 넌 벌써……."

역정을 내던 김종일이 멈칫거린다. 김헌일은 형이 무슨 말을 꺼내려는지 짐작하고는 시선을 외면한다. 언성이 높아지는 모양새에 마음이 불편해지는 것은 오히려 한석희와 인선이다. 곤히 잠을 자던 아이까지 끊어지듯 가느다란 목소리로 울음보를 터뜨린다. 누구보다도 기뻐해야 할 두 사람이 만나자마자 다투기부터 하는 게 인선은 안타깝다. 우는 아이를 어르는 한석희에게도 미안한 생각이다. 그런 인선의 심경을 눈치챘는지, 아니면 그 자신도 마음이 불편해졌는지 형에게 다시 풀죽은 목소리로 김헌일이 입을 연다.

"제가 좀 지나쳤습니다……. 지금 돌아간다는 말씀 마시고 밥이나 먹고 떠나세요."

"곳곳에서 폭동이 일어나고 있다. 화북에서도 경찰관 부부와 지서 안에서 숙직하던 사환이 불타 죽었다고 들었어. 거기다 여기서 화북은 지척이다……. 너도 제주읍으로 들어와라. 거긴 그래도 치안 유지가 잘되는 곳이다."

"지은 죄가 없는데 고향을 등질 필요가 뭐 있습니까. 전 형님을 이해할 수 없어요. 도대체 성내에서 어떤 일을 하고 다니는 겁니까?"

"무슨 뜻으로 하는 말이냐?"

"왜정시대에도 이러진 않았어요. 터전이 모두 여기 있는데 제주읍으로 도망치듯 떠나야 하는 이유가 뭐냔 말입니다. 화북에서 죽은 경찰은 처음부터 말이 많았던 사람이었습니다. 죄 없는 사람 잡아다 고문하고 갈취하고……. 고문 후유증으로 죽어 나간 사람이 한둘이 아니었어요."

"그렇다고 아내까지 죽일 필요가 있었을까? 나도 제주도 앞바다에 탯줄을 묻은 사람인데, 그동안 우리 도민들이 얼마나 핍박받고 살았는지 모를 리 있겠어. 그렇다곤 해도 이번 일은 이해할 수 없다. 왜놈들 상대로 독립운동을 하는 것도 아니지 않느냐? 그런데도 서로를 죽고 죽이는 일을 어떻게 담담하게 받아들일 수 있겠어. 언제부터 우리가 그렇게 변해 버렸냔 말이다."

"죄 없는 사람을 고문하고 죽이는 걸 그럼 가만히 보고만 있습니까?"

"너도 폭동에 동조한다는 소리냐?"

"지서를 습격하고 사람을 죽이는데 동조하는 사람이 어디 있겠습니까? 안타깝기는 저도 형님과 마찬가집니다. 하지만 지렁이도 밟으면 꿈틀거린다고 하잖아요. 하물며 사람인데 어떻게 당하고만 살 수 있겠어요. 총파업에 동참했던 제 동창도 이번에 징역형을 선고받았어요. 거기다 육지서 들어온 응원 경찰과 극우 청년단은 총만 들지 않았지 강도나 다를 바 없어요. 법도, 윤리도 없는 제주가 되어 간단 말입니다."

김종일은 의혹스러운 눈으로 바라보는 동생이 '그러니, 형님도 그런 놈들 뒤나 닦아주지 않습니까? 그래서 겁이 나는 것이겠죠?' 라고 말하는 것 같아 심사가 뒤틀린다.

"물론, 네 눈에도 내가 그런 덜떨어진 인간쯤으로 생각되겠지. 하지만 내 입장이 되기 전에 모든 걸 쉽게 단정하진 마라. 일본과의 거래가 금지되면서 미군정에 불만을 나타내는 사람들이 많아. 한때는 일본과 제주를 오가며 떼돈을 벌던 이들이 반미 구호를 외친다고 해서 민족주의자가 되고 애국자가 되는 마당이다. 양과자 사 먹지 마라, 남한 단독 선거를 하지 마라, 친일파를 처단하라……. 웃기는 소리 아니냐. 왜정시대에 친일파 아닌 놈이 어딨고 왜놈들 생필품 팔아다 육지서 돈 벌던 이들이 누구냐? 찬탁이니 반탁이니 하면서 남북으로 편 갈라 싸우는 게 소련놈이냐 미국놈이냐? 나를 악덕 부르주아나 회색분자로 취급하지만, 난 단지 사업가일 뿐이다. 제주읍에서 사업을 한다는 게 무엇을 의미하는 줄 아느냐?"

"그래서 제주 사람 씨 말리러 왔다는 서청 아이들과 응원 경찰에게 술 사주고 계집질 시켜 주고 돈 주고 그럽니까? 그 애들이 우리를 갱생이나 도새기만큼이라도 대접을 해주면 말도 안 합니다. 우리가 그네들에게 그렇게 당하고만 살아야 하는 이유가 도대체 뭡니까?"

잠시 대화가 끊어진 사이 인선이 소라를 삶아 가지고 들어온다. 작은 구들에 일던 팽팽한 긴장감이 일순 허물어진다. 그녀는 상을 김종일 앞에 내려놓으며 조심스럽게 말을 건넨다.

"시아주방 좋아하는 구젱이를 삶아 와시다."

김종일이 공손하게 상을 받으며 눈인사를 한다. 인선이 남편의 무릎을 살짝 치면서 '오늘은 안곤지동에서 주무실 거주?' 한다. 아내의 말에 김헌일은 엉거주춤 자리에서 일어선다.

"어쨌든 아침이나 같이 먹어요. 전 그만 안곤지동으로 건너가렵니다."

방문을 나서는 김헌일의 등 뒤에서 김종일이 나직이 응답한다.

"오랜만에 술이나 한잔하자."

풀이 죽은 형의 목소리에 피곤함이 배어 있다. 잠시 망설이던 김헌일은 되돌아 앉으며 인선에게 감주라도 내오라고 말한다.

6

홍성수의 몸은 한기로 굳어진다. 벌써 세시간째 안드렁물에서 권유순을 기다리고 있었다. 밤안개가 유난히 극성을 부리는 날이라 사방이 뿌옇다. 마지막 담배를 입으로 가져가는 홍성수의 마음은 날씨만큼 우울하다. 서울에 교사 자리를 마련해 두었으니 지체 말고 올라오라는 아버지의 전보를 받은 게 한 달 전이었다. 차일피일 미루면서 곤지동에 남아 있던 홍성수에게 허비할 시간이 없어진 셈이다. 하지만 반대로 권유순에게는 떠맡은 짐이 늘어갈 뿐이다. 손 한 번 잡아 보지 못한 홍성수의 마음이 이토록 그녀에게 끌리는 이유를 그 자신도 이해할 수 없다. 그는 안드렁물 주위를 서성이며 추위를 쫓는다. 4월 중순이지만 밤공기는 아직 쌀쌀하다. 마을에서 개 짖는 소리가 낮고 느리게 들려온다. 그는 마지막 한 모금까지 담배를 빨아 피운 뒤 힘없이 뒤돌아선다. 그때 그의 앞에 권유순이 서 있다. 언제부터 나와 있었던 걸까? 권유순의 얼굴을 보는 순간 홍성수는 가슴이 울렁거린다. 다가가 그녀의 몸을 힘차게 끌어안는다. 당황한 권유순이 몸을 뒤틀어 보지만 소용없다.

"안 나오는 줄 알았소."

"……."

"그동안 왜 절 피해 다녔습니까?"

"전……."

권유순이 홍성수의 품에서 살며시 몸을 빼낸다.

"전 겁이 났어요. 시아방 쓰러지고 나선 정말이지……. 이곳에서 벗어나고 싶었으니까요."

뒤돌아서는 권유순의 어깨가 가늘게 떨린다. 홍성수는 그녀의 좁은 어깨를 살며시 잡는다.

"저와 같이 서울로 갑시다."

"그럴 수 없다는 걸 아시잖아요."

"왜요? 정말, 시부모 때문입니까? 아니면 아직 남편을……."

홍성수의 목소리가 떨린다. 권유순이 곤지동을 떠나지 못하는 이유가 시부모 때문이 아니라 생사를 알 수 없는 남편 때문이라면 어떻게 할 것인가? 그런 생각만으로도 질투심이 인다. 하지만 홍성수의 이런 간절함과는 달리 권유순은 아무런 대꾸도 하지 않는다.

"화북 가는 길에 집으로 회신을 보냈습니다. 늦어도 5월 초에는 올라갈 거라고 했어요. 결혼할 여자와 함께요……. 아시겠어요? 이젠 정말이지 시간이 없습니다."

그러나 권유순은 여전히 묵묵부답이다. 홍성수는 답답한 마음을 참지 못하고 거칠게 그녀의 양어깨를 흔든다. 의외로 쉽게 그녀는 홍성수의 발아래에 미끄러지듯 쓰러진다. 굵은 눈물방울을 흘리며 땅바닥에 주저앉는 그녀에게선 억척스러운 제주 여성의 모습을 찾아볼 수 없다. 척박한 땅에서 조나 밭농사를 하는 모습도, 몸이 불편한 시부모 내외를 불평 한마디 없이 모시던 모습도, 물속에 들어가 헛구역질이 나올 만큼 숨을 참아가며 물질을 하던 모습도 없다. 다만, 홍성수의 발아래에 주저앉아 하염없이 눈물을 흘리는 여린 권유순이 있을 뿐이다. 홍성수는 그녀가 왜 이토록 서럽게 우는지 어렴풋이나마 알 것 같다. 하지만 아무 말도 하지 못한다. 어떠한 말로도 그녀를 위로할 수 없다는 걸 알기 때문이다. 한참을 울던 권유순이 부어오른 눈으로 홍성수를 올려다본다.

"저도 이 생활이 지긋지긋해요. 당신 따라서 서울에 올라가는 꿈을 하루에도 수십 번씩 꾸었어요. 하지만 거동이 불편한 시아방과 시어멍을 버릴 순 없는 거잖아요. 낮에 당신이 다녀간 뒤로는 정말이지 시아방이 저대로 죽어 버렸으면 하는 생각이 간절했어요……. 차라리 죽어 버렸으면 하고……."

권유순이 다시 눈물을 흘린다. 홍성수는 그녀의 어깨를 말없이 감싸 안는다. 흐느껴 우는 권유순의 입술에 홍성수는 얼굴을 가져간다. 짭짤한 맛이 혀끝에 맴돈다. 뜨거운 입김과 입김이 맞닿자 정신이 아찔해진다. 그녀의 몸에서 유채 향이 나는 것 같다. 어느새 홍성수의 손이 권유순의 저고리고름으로 향한다.

"제가 이렇게 빨리 폐가 상한 것도 따지고 보면 하르방 때문이오. 살아생전에 저에게 항상 곰방대 불을 붙이게 하셨는데 그때마다 전 하르방 몰래 담배 맛을 보곤 했으니까요."

벽에 기대어 앉은 김헌일이 옛일을 떠올린다. 김종일의 얼굴도 발갛게 물들어 있다. 의식적으로 옛날이야기만 늘어놓은 덕분에 두 사람 사이에 오랜만에 웃음꽃이 핀다.

"넌 어릴 적부터 마음 씀씀이가 좋았지. 나하곤 완전히 달랐으니까……. 기억나느냐? 국민학교 2학년 때던가, 넌 밤만 되면

슬그머니 밖으로 나가 새벽녘이 되어야 돌아오곤 했었지. 그걸 수상하게 여긴 어멍과 내가 하루는 네 뒤를 쫓아간 적이 있었는데, 글쎄 네 녀석은 주머니 가득 쌀을 훔쳐서는 산으로 올라갔지. 화북봉 오름 근처에서 마을 아이들과 훔쳐 온 쌀을 구워 먹는 걸 발견하고는 어멍이 노발대발하며 이런 갱생이 새끼들하고는…….”

“그 뒤로 어멍은 내 정벵이의 호주머니란 호주머니는 죄다 뜯어 버리셨지요. 쌀 훔쳐 가지 못하게. 그때부터 어멍이 만식이를 시켜서 마을 아이들이 내 주변에 얼씬거리지 못하게 했어요. 착한 우리 아덜 윽박질러서 쌀 훔쳐 오게 한다고 분통을 터뜨리면서요.”

“그래, 따지고 보면 어릴 적 네 유일한 친구는 만식이뿐이었지…….”

김종일의 얼굴이 다시 음울해진다. 김헌일도 말없이 술상을 바라볼 뿐이다. 두 사람 사이에 잠시 침묵이 지나간다. 변두리 마을의 늦은 밤은 고요하기만 하다. 멀리서 들리는 파도 소리에 김종일은 귀를 기울인다. 불편한 마음이 다소 안정이 되는 듯도 하다. 타지 생활에 이골이 난 그에게도 고향의 따뜻함이 남아 있었던 걸까? 아이를 굳이 이곳에서 낳고 싶었던 이유도 그 때문이겠지. 김종일은 팔베개를 하고 비스듬히 눕는다. 긴장이 풀린 탓인지 눈꺼풀이 무겁게 그를 짓누른다. 김헌일은 선잠이 드는 형의 모습을 멀거니 바라보며 감주를 마신다.

가까운 곳에서 개 짖는 소리가 들린다. 곧이어 마을에 있는 개들이 저마다 짖어대면서 사방이 시끄러워진다. 옅은 잠이 들었던 김종일이 몸을 일으킨다. 가위 눌린 사람처럼 창백한 얼굴로 주위를 두리번거리는 그에게 김헌일이 말한다.

"형님은 가만히 있어요. 제가 나가 볼 테니."

문지방 너머로 횃불이 아른거린다. 마당을 들어서는 젊은 사내들의 발자국 소리와 거친 음성이 들려온다. 잠시 문고리를 잡은 채 호흡을 가다듬은 김헌일이 방문을 열고 마루방으로 나간다. 횃불을 들고 마당에 서 있는 사내들은 모두 숯검정이 얼굴을 하고 있다. 그중에는 낯이 익은 마을 청년도 보인다. 그들은 저마다 죽창이나 몽둥이를 들고 시위를 하듯 위엄 있게 버티고 섰다. 일본도를 들고 있는 사내가 무리들 중에 나서며 김종일을 찾는다. 김헌일은 태연한 척 입을 연다.

"무엇 때문에 형님을 찾소?"

"할 이야기가 있소."

"무슨 이야깁니까. 동생인 내게 하시오."

"그럼, 당신이 김헌일이오?"

김헌일은 말없이 고개를 끄덕인다. 인선이 백지장 같은 얼굴로 안방을 나오려다 김헌일의 눈짓을 보며 멈칫거린다.

"그럴 마음이라면 당신도 함께 가야겠지?"

일본도를 든 사내의 말이 끝나기가 무섭게 무리에 섞여 있던 두 명의 젊은이가 마루방으로 뛰어 올라와 김헌일의 양팔을 낚

아챘다.

“대체 어디를 가자는 말이오? 당신들은 어디서 왔소?”

마당으로 끌려가며 작은 구들 쪽을 향해 김헌일이 소리친다. 김헌일이 최대한 시간을 끄는 사이 김종일은 작은 구들에 난 창을 통해 뒤뜰로 도망친다. 하지만 80킬로그램의 거구인 그의 몸은 둔하다. 어깨 정도까지 오는 돌담을 한 번에 넘어가지 못하고 미끄러진다. 오른쪽 무릎에 피가 맺힌다. 김종일은 입술을 질근 깨물며 일어서서 다시 돌담을 넘어가려고 발버둥 친다. 일본도를 든 사내가 수상한 낌새를 눈치채고 작은 구들로 뛰어 들어간다. 곧이어 구들에서 사내의 다급한 목소리가 튀어나온다.

“뒤뜰이다! 뒤뜰에 있다!”

말이 끝나기도 전에 사내들이 뒤뜰로 내달린다. 돌담을 겨우 넘어서려는 김종일의 발목을 앞장 선 사내가 몸을 날려 잡는다. 뒤이어 뛰어온 사내가 김종일을 바닥으로 끌어내린다. 여기저기서 주먹이 날아와 김종일의 얼굴과 몸을 가격한다. 큰방에서 숨죽이고 있던 인선과 한석희가 김종일의 신음소리에 놀라 마루방으로 뛰쳐나간다. 사내들에 둘러싸여 마당으로 끌려 나온 김종일의 얼굴이 벌겋게 부어 있다. 김헌일이 그에게 다가가려고 하자 옆에 있던 사내가 김헌일의 뺨을 사정없이 후려친다. 인선이 양손으로 얼굴을 감싸 쥐며 흐느낀다. 김종일은 양복 주머니에서 두툼한 지갑을 꺼내 사내들에게 내민다.

"돈이 필요하다면 여기 있소. 제발 몸 상하게만은 하지 마시오."

애걸조로 외쳐 보지만 사내들의 반응은 냉담하다. 일본도를 든 사내가 지갑을 빼앗아 땅바닥에 내동댕이치면서 소리친다.

"검정개들 뒤나 핥으며 번 돈을 우리에게 내밀어. 당신의 그 세치 혀에 얼마나 많은 사람들이 골병 난 줄 알아?"

일본도를 든 사내가 다시 김종일에게 발길질과 함께 욕설을 퍼붓는다. 몇몇 사내가 합세해 새우처럼 몸을 구부린 김종일의 몸을 밟는다. 한석희가 울부짖으며 애원해도 소용이 없다. 그녀의 품에 안겨 있던 아이도 어느새 울음을 터뜨린다. 사내들의 발길질에 쓰러진 김종일을 바라보며 망연자실하던 인선이 갑자기 한 사내를 향해 뛰어간다. 사내의 바짓가랑이를 붙잡으며 매달린다.

"기호 삼춘! 기호 삼춘 맞주. 이보우 기호 삼춘, 우리 좀 살려 줍서. 이게 무슨 날벼락이오."

분명 안곤지동에 사는 최의 모습이다. 하지만 그는 인선의 손을 뿌리치고 사내들 속으로 몸을 숨긴다. 일본도를 든 사내가 다시 앞으로 나서며 쓰러져 있는 김종일을 일으켜 세운다. 횃불을 든 사내들이 그 주위를 둘러싼다. 일본도를 든 사내가 큰소리로 김종일을 향해 외친다.

"변절자! 악질 지주! 미 제국주의의 앞잡이! 검정개의 하수인! 인민의 이름으로 심판하자!"

선창을 하듯 외치자 주변에 서 있던 사내들이 호응하며 그를 죄인처럼 포박한다. 김헌일의 손에도 포승줄이 매어진다. 김종일이 끌려가지 않으려고 발버둥을 쳐 보지만 소용이 없다. 형과는 달리 체념한 듯 담담한 모습으로 김헌일은 아내의 얼굴을 바라본다. 공포와 두려움으로 울먹이는 인선이 오히려 안쓰럽다. 한석희의 품에서 목이 터질듯 울어대는 아이도 마찬가지다. 끌려가는 남편과 시아주방을 따라 먼문까지 나온 인선이 지푸라기라도 잡는 심정으로 사방을 향해 소리친다.

"좀 나와 봅서! 좀 나와 봅서!"

비석거리까지 끌려가는 동안 김종일과 김헌일은 침묵을 지킨다. 사내들도 묵묵히 발걸음을 재촉할 뿐이다. 얼떨결에 끌려 나온 김종일은 신발을 신지 못해 맨발로 울퉁불퉁한 흙길을 걷는다. 거기다 오른쪽 무릎에선 계속 피가 흘러내린다. 뒤뚱거리며 걸음이 늦어질 때마다 뒤에서 일본도를 든 사내가 등을 밀치며 욕설을 한다.

김종일이 타고 온 자동차 앞까지 다다른 사내들이 갑자기 분주해진다. 자동차 옆에는 99식 소총에 왜정시대 군복을 입은 사내가 기다리고 있다. 며칠 전 화북지서를 습격한 산사람일 거라는 생각이 불현듯 떠오른다. 그가 김헌일을 손가락으로 가리키면서 일본도 사내와 이야기를 나눈다. 잠시 뒤에 일본도는 무뚝뚝한 얼굴로 김헌일에게 다가와 얼굴과 배를 때린다. 명치를 맞은 김헌일이 숨을 헐떡이며 앞으로 꼬꾸라지자 이번에는 발길질이 더해진다. 입술이 터지고 코피가 날 때까지 발길질은 멈추지 않는다. 나머지 사내들은 김종일이 타고 온 자동차에 불을 지른다. 자동차가 타오르면서 주변이 붉은빛으로 물든다. 발길질을 하던 사내가 갑자기 일본도를 꺼내 든다. 김헌일은 순간 눈앞이 깜깜해진다. 아! 이렇게 죽는구나. 아내의 얼굴이 빠르게 스쳐 지나간다. 그런데 뜻밖에도 사내는 김헌일의 양손에 묶여 있는 포승줄만 끊어 버린다.

"얼마나 많은 사람들이 골병이 들어 죽어 갔는지…… 우리 도민의 고통을 당신도 똑같이 느껴 보시오."

그러고는 총을 든 남자가 있는 쪽으로 걸어간다. 함께 끌려온 김종일은 여전히 사내들 속에 갇혀 안절부절못하고 서 있다. 불타는 자동차를 바라보던 군복 사내가 턱짓으로 화북봉을 가리킨다. 바닥에 엎어져 가쁜 숨을 몰아쉬는 김헌일의 머릿속에는 형님을 살려야 한다는 생각뿐이다.

사내들이 다시 걸음을 옮긴다. 김종일을 둘러싼 숯검정이들이 그를 채근하기 시작한다. 사내들에게 떠밀려가면서 김종일은 체념한 듯 김헌일에게 외친다.

"아이 이름은 성진이 좋겠다. 늦기 전에 성내로 들어가라!"

유언을 하듯 김종일의 목소리에는 비장함이 서려 있다. 김헌일이 소리를 질러 보지만 목구멍 속에서만 맴돌 뿐이다. 그의 눈에 눈물이 고인다. 몸을 일으키려고 해도 마음대로 되지 않는다.

김종일의 모습이 어둠 속으로 사라진다. 마지막까지 남아 있던 군복 입은 사내가 천천히 뒷걸음질을 친다. 불길에 드러난 사내의 얼굴이 낯설지 않다. 김헌일은 가물거리는 정신을 가다듬으려 노력한다. 식은땀이 흘러내리고 숨쉬기가 어려운 걸 보니 갈비뼈가 부러진 것 같다. 그러다 김헌일은 절망하듯 한숨을 길게 내쉰다. 군복 입은 사내가 방만식이라는 걸 깨달은 탓이다. 몰라보게 수척해져 있었지만, 옛날 자신의 집에서 테우리를 하던 방만식이 분명했다. 기어코 형님을 해코지할 셈이냐……. '이것도 악연이겠주' 라는 그의 말이 이명처럼 귓속을 때린다.

7

국가총동원법이 시행되면서 제주에도 징집되는 젊은이들이 하나둘 늘어났다. 소와 말을 방목하며 자유롭게 살아가던 방만식은 그러나 그 모든 것이 남의 일이라 생각했다. 늦은 밤, 김종일과 함께 김헌일의 아버지가 나타나지 않았다면 말이다.

산중턱까지 올라온 김헌일의 아버지는 마루에 걸터앉아 말없이 청주와 돼지수육부터 내민다. 인색하기로 소문난 영감이라 방만식은 불길한 생각이 먼저 든다. 김종일은 마당 입구에 멀찍이 떨어져 담배를 피워 문다.

"야심한 시간에 여기까지 얼케 왔시카?"

"부탁할 게 있지마심."

영감은 청주를 방만식에게 따라 주며 말을 잇는다.

"작은놈 대신 네가 좀 다녀와야겠주."

"어델 말이우과?"

"왜국."

"일본 말이우과?"

말없이 고개를 끄덕이던 영감이 갑자기 방만식 앞에서 무릎을 꿇는다. 김종일이 '아버지!' 하며 뛰어오다 말고 멈칫거린다. 영감이 엄한 얼굴로 손사래를 치며 다가오지 말라고 꾸짖는다.

"만식이 너도 암시나? 우리 작은아돌 약한 거……. 일본 가멘 살아 돌아오지 못할 거우다."

"하멍, 저보고 대신 가란 말씀이우과?"

"전쟁하는 게 아니우다. 공장서 일하멘 월급도 주고 한단마심……. 일케 부탁하우다. 만식아."

방만식은 영감의 굽은 등을 보며 한동안 말을 잇지 못한다. 영감의 등이 저렇게 좁고 작았던가. 바늘에 찔려도 피 한 방울 나지 않을 것 같은 냉정한 영감이 지금 무릎을 꿇고 앉아 김헌일 대신 일본을 가 달라고 빌고 있다. 방만식은 정뜨르 비행장에 김헌일 대신 사역을 나가던 일이 떠오른다. 고단한 생활이었지만, 그렇다고 죽을 정도로 힘들진 않았다. 어차피 남의 허드렛일이나 하며 살 팔자가 아니었던가. 그때도 영감은 말없이 개 한 마리를 삶아서 가지고 올라왔다. 초복을 넘긴 무더운 여름이었다.

영감은 연신 부채질을 하며 고깃국부터 먹으라고 등을 떠밀다시피 했다. 방만식의 입가에 씁쓸한 미소가 인다.

“하멍, 한 가지 조건이 있수다.”

방만식을 올려다보는 영감의 미간에 주름이 인다.

“말해 보우다.”

“이문간이랑 밭돌랭이가 필요하지마심.”

문이 달린 집과 작은 밭이라도 있어야겠다는 방만식의 요구에 김헌일의 아버지는 말없이 고개를 끄덕인다.

“촘말로 만식이 너는 나한테 다슴아돌이멍……. 걱정 마우다.”

영감이 방만식의 손을 꼭 쥔다. 따뜻한 온기가 그대로 전해진다. 의붓아들이라는 영감의 말이 왜 그때는 진심으로 느껴졌던 걸까?

영감이 건네준 징발영장에는 김헌일의 이름이 선명하게 쓰여 있었다. 뇌물을 먹었는지 방만식이 내미는 영장을 확인하면서도 읍사무소 직원은 아무런 질문도 하지 않았다. 화북에서 징집된 사람은 방만식을 포함해 모두 여섯 명으로 안면식이 있는 청년도 보였다.

제주 전역에서 징집된 남자들이 읍에 모여 있었다. 조요(보국대)라서 전쟁터가 아닌 일본의 공단지역에서 일하게 될 거라고 읍사무소 직원이 말하고 다녔지만 모두들 불안해했다. 제주중학교와 붙어 있는 향교에서 하룻밤을 지내고 신사참배를 한 뒤 다시 학교로 이동했다. 그곳에서 간단한 신체검사를 받고 기초군사훈련이라는 명목으로 보름 가까이 구보와 체조, 총검술, 사격 등을 배웠다. 훈련 마지막 날엔 출전수당으로 1인당 55원이 지급되었다. 작은 금액이지만 지폐를 받아든 방만식의 기분은 묘했다. 먹여 주고 재워 주고 돈까지 주다니. 영감 밑에서 테우리일을 하면서 만식은 한 번도 돈이라는 걸 받아 보지 못했다. 쌀이나 콩, 고구마에 가끔 고기나 말린 생선을 선심 쓰듯 얻어 왔을 뿐이다. 훈련 기간 동안 친해진 제갈 성을 가진 녀석은 키가 크고 덩치가 좋았다. 풍채에 맞지 않게 순한 성품이라 금방 방만식과 친해졌다. 그 역시 돈을 꼬깃꼬깃 주머니 속에 쑤셔 넣으며 들뜬 목소리로 말한다.

“돈 벌멘 장가갈 수 있시카?”

“그 상판으루다?”

돈을 벌기 위해 지원했다는 고유수가 킥킥거린다. 하얀 피부에 이목구비가 또렷한 고는 자신의 큰 조쟁이로 일본 비바리들을 모조리 따먹어 버릴 거라고 허풍을 치고 다녔다.

“하멍 너는 그 상판으루 아직까정 비바리 하나 못 꼬시고 멘날 소랑이야기만 하시냐.”

“베아지 볼라불라. 말 다햅써!”

두 녀석의 티격태격하는 모습을 보면서 방만식 역시 잠깐 동안이긴 하지만 그런 꿈을 꾼다. 일본에서 모은 돈으로 도새기와 밭갈쇠도 사고 예쁘고 심성 좋은 비바리 만나 딸 셋을 키우는 꿈. 비루한 인생을 살지 않아도 된다는 희망. 그 순간 방만식은 자신의 가슴속에서부터 꿈틀거리는 전율 같은 걸 느낀다. 이제껏 경험하지 못한 삶에 대한 애착이라고 해야 할까.

관부연락선의 종착지인 시모노세키에는 전국에서 징집되어 온 조선인 청년들로 가득했다. 서울서 왔다는 한 청년은 들떠 있는 만식 일행과 달리 시무룩한 표정으로 지쿠호에 있는 탄광이나 야하타제철소에서 일하게 될 거라고 했다. 고등학교에서 아이들을 가르쳤다는 그는 자신의 이름을 석호라고 알려 주었다. 교사를 하다가 왜 이곳까지 오게 되었는지 끝내 입을 열진 않았지만 먹물 냄새가 나는 사내였다.

구주여관이란 곳에 지내며 다시 신체검사를 받았다. 그동안 여관에서 주는 밥을 먹으며 빈둥거렸다. 누군가는 출전수당으로 받은 돈을 모아서 술을 사 먹거나 노름을 했다. 방만식과 제갈, 고유수는 석호가 건네준 담배를 나누어 피우며 이런저런 이야기로 무료한 시간을 보냈다. 여관 창문에서 바라보는 야하타제철소는 제주의 한라산만큼이나 주변을 압도했다. 높이 솟은 굴뚝에서는 밤낮 없이 연기가 피어올랐다. 캉캉거리는 소리가 불규칙적으로 들려와 잠을 설치기도 했다. 바다와 접한 구주모지 선창의 공터에는 고철덩어리들이 산처럼 쌓여 있었고 그 옆 광장에는 만주로 싣고 갈 트럭과 탱크, 포가 빽빽하게 차 있었다. 석호는 그 광경을 바라보며 냉소적으로 말한다.

"그래도 결국 일본은 지게 된다."

"일본이 지멍 우리나라는 얼케 되는 거우꺄?"

"해방이 되겠지. 외세에 의해서."

"미국?"

고유수가 입을 연다.

"아님 소련이우꺄."

"이런들 어떠하리 저런들 어떠하리……."

"하여가(何如歌)를 부르는 걸 보니 석호는 국어선생이었구나."

석호의 빈정거림에 고유수가 킥킥거린다. 하지만 석호는 무표정한 얼굴로 시선을 다시 창밖으로 돌린다. 스스로 독립할 만한 국력도 열정도 잃어버린 나라가 아닌가. 방만식은 석호의 말투나 행동이 김헌일과 많이 닮았다고 생각한다. 그도 책만 읽던 부잣집 도련님이었을까? 그런데 왜 김헌일처럼 다른 사람을 보내지 않은 걸까?

평화로운 시간은 일주일을 넘기지 않았다. 청년들은 순번에 따라 후쿠오카의 탄광촌과 야하타제철소로 분산 배치되었다. 방만식과 석호 일행은 지쿠호의 어느 탄광으로 끌려갔다. 인솔자는 탄광의 소장이었는데 도가다(土方) 십장이라는 험상궂게 생긴 사람들과 함께 나타나 일일이 근로계약서에 사인을 받았다. 일본어를 모르는 만식과 제갈, 고유수는 십장이 가리키는 곳에 무작정 사인이나 지장을 찍었지만 석호는 계약서 내용이 근로자에게 불리하다고 항의하다 뺨을 얻어맞는다. 방만식과 제갈이 석호를 막아서며 두둔하자 소장은 입술을 굳게 다문 채 그의 등 뒤에 서 있던 남자를 짜증스럽게 바라본다. 어깨와 등판에 이레즈미 문신을 한 사내가 누런 이빨을 드러내며 앞으로 걸어 나온다.

“간덩이가 부었구나. 너희 세 놈은 꼭 기억하고 있겠다.”

이레즈미 문신을 한 녀석의 이름은 요시무라였다. 생긴 것만큼 음흉한 얼굴에 빈말을 하지 않는 사람이었다. 오사카 출신인 그는 한때 야쿠자의 행동대원으로 활동하다 살인죄로 징역형을 산 적이 있었다. 도가다 십장들은 그를 오야가다(두목)라 불렀는데 근로계약서를 가지고 사라진 소장을 대신해 실질적인 탄광의 관리를 맡고 있었다. 1미터 80센티미터의 장신에 100킬로그램이 넘는 거구로 얼굴엔 개기름이 번들거렸다. 서너 명의 도가다 십장과 함께 다니면서 걸핏하면 조선인 징용자들에게 폭언과 폭력을 일삼았다.

탄광과 인접한 곳에 타코베야라 부르는 숙소가 있었다. 주변은 성인 키보다 높은 철조망으로 둘러싸인 데다 나무로 엮어 만든 초소도 두 곳이나 있어서 숙소라기보단 수용소 같은 느낌이었다. 방만식은 지급품으로 받은 침구와 작업복, 갱내모, 회전지와 일용품을 들고 타코베야의 어둡고 습한 기숙사 안으로 걸어가면서도 불길한 생각을 지울 수 없었다. 뭔가가 잘못되었다. 그런 만식의 속마음을 읽었는지 뒤따라 걸어오던 석호가 나직이 입을 연다.

"이곳은 지옥이다."

"무슨 소리이우까?"

방만식이 뒤돌아보며 묻는다. 석호는 침울한 표정으로 숙소 정문 앞 기둥에 누군가 못으로 긁어 쓴 낙서를 봤다고 말한다.

"한글이었으니 조선인이 쓴 글귀가 분명하다."

"그런 말 하지 맙서. 지옥은 우리 안에 있는 거주. 뭐든 생각하기 나름 아니우까."

"생각보다 낙천적이구나 만식이는……."

"허멍, 여긴 숙소가 아니라 감옥 같긴 하주."

"조선인들이 도망치지 못하게 감시를 하는 거겠지."

그때 도가다 중 한 명이 다가와 석호의 얼굴에 다짜고짜 주먹을 날린다.

"고노야로! 잡담하지 마라."

석호의 코에서 금세 피가 쏟아진다. 그러나 도가다의 주먹질은 멈추지 않는다. 보다 못한 방만식이 도가다 앞을 막아서며 굽신거린다.

"한 번만 봐줍서. 죄송하우다."

"이 새낀 또 뭐야!"

도가다의 주먹이 이번엔 방만식에게 날아간다. 만식은 그의 주먹을 맞으면서도 용서해 달라고 뻔댄다. 방만식의 맷집에 기가 질려 버린 도가다가 멈칫거리는 사이 요시무라가 다가와 묻는다.

"어디서 왔나?"

"제주이우다."

"제주에선 뭘 했나?"

"쇠테우리……."

"쇠테우리?"

"쇠와 말을 키우지 마씀."

"부라쿠민(천민) 녀석이구나."

김빠진 얼굴로 방만식을 내려다보던 요시무라는 바닥에 카악 하고 침을 뱉은 뒤 다시 묻는다.

"저 뒤에 있는 녀석이 네가 모시는 도련님이냐?"

"아니우다."

"그럼, 저 녀석을 두둔하는 이유가 뭐지?"

방만식은 선뜻 대답하지 못한다. 왜 석호 앞을 막아섰을까? 어렸을 때부터 김헌일을 돌보던 습관 때문일까? 아니면 앞에 서 있는 왜놈의 말대로 노비근성 때문일까? 대답을 하지 못하는 방만식의 행동이 오히려 요시무라의 심기를 건드린다. 그는 시뻘게진 얼굴로 소리친다.

"개, 돼지보다 못한 부라쿠민 녀석이 내 질문을 무시해? 너처럼 자존심 강한 부라쿠민일수록 모질게 다루는 게 일본인의 방식이다……. 빠가야로!"

요시무라의 커다란 손이 방만식의 멱살을 잡는다.

"네 녀석들이 얼마나 견디는지 두고 보겠다. 바짓가랑이를 붙잡고 살려 달라고 할 때까지 말이다."

미소를 짓는 요시무라의 표정이 섬뜩하다. 말이 끝나자마자 주변에 있는 도가다들이 방만식과 석호를 둘러싼 뒤 몽둥이질을 한다.

그날 저녁 같은 방을 배정받은 방만식과 석호, 제갈, 고유수는 저녁식사를 하지 못했다. 오야가다인 요시무라의 질문에 곧바로 대답하지 않았다는 이유에서다. 희멀건 된장국에 단무지 몇 조각이 전부인 식사였지만 여관에서 쥐어 준 도시락을 끝으로 아무것도 먹지 못한 네 사람의 배에선 연신 꼬르륵거리는 소리가 울린다.

"연대책임이라는 걸 운운하면서 우릴 이간질시키려는 거야."

퉁퉁 부어오른 얼굴로 석호가 말한다.

"지실(감자)이라도 먹었으멍."

덩치만큼 대식가인 제갈이 힘없이 내뱉는다.

"이렇게 배가 고픈데 아척(아침)까진 어이 견디나……. 정지(부엌)가서 놈삐(무우)라도 훔쳐 올가양."

"게메 마씀(그러게 말이다)."

하지만 모두들 거적때기에 누워 꼼짝도 하지 않는다. 음식을 훔치거나 작업장을 이탈하다 걸리면 갱도에서 영원히 나올 수 없을 거라던 소장의 말이 떠오른 때문이다. 멀리서 사이렌 소리가 울리는 걸 보니 야간작업이 시작되는 것 같다. 시모노세키에 도착할 때까지 품었던 막연한 희망이 절망으로 바뀌는 순간이었다. 그만큼 지쿠호 탄광촌의 첫날은 암울하다. 방만식은 처음으로 죽음에 대해 생각한다. 쓰러진 방만식과 석호를 부축해 주던 조선인 인부가 귀엣말로 요시무라에게 찍히면 절대로 이곳에서 살아 나갈 수 없다고 충고를 해 줬다. 어느새 곯아떨어진 제갈의 코 고는 소리가 나지막이 들려온다. 그때 석호가 혼잣말처럼 중얼거린다.

"혁명이 일어나지 않는 이상 세상은 변하지 않는다……."

8

갈비뼈가 부러진 김헌일은 병원 신세를 져야 했다. 그가 제주읍에 있는 도립병원으로 수송되는 동안 서북청년단의 비서부장은 곤지동을 들쑤시고 다녔다. 먼저 산으로 올라간 최기호의 늙은 노모가 화북지서로 끌려가 고문을 받았다. 평생 물질로 살아온 순박한 그녀는 서북사투리를 쓰는 비서부장의 말을 알아듣지 못했다. 다혈질인 비서부장은 인내심이 바닥나자 말 대신 폭력을 사용하기 시작했다. 반쯤 실신한 상태로 풀려난 최의 노모는 시름시름 앓다가 이틀 만에 숨을 거두었다. 공회당에서 최와 어울렸던 마을 청년들도 줄줄이 화북지서로 끌려갔다. 청년들 역시 비서부장의 폭력 앞에서 자유로울 수 없었다. 어렸을 때부터 최와 단짝이었던 김 노인의 막내아들 문식이는 폭도들의 중간

연락책이라는 누명을 쓰고 제주읍으로 호송되었다.

마을에서 가장 머리가 좋다는 김은 비서부장이 처음부터 눈독을 들이고 있었다. 4.3의 주모자로 알려진 김달삼과 같은 시기에 일본에서 대학을 다녔다는 사실 때문이다. 이 정도 이력이라면 남로당 제주도당 간부로 엮어서 육지형무소로 보내 버려도 어색할 게 없었다. 남선파견대본부(南鮮派遣隊本部)가 있는 대전에서 제주로 내려올 때 서청의 지부장도 작품 하나 정도는 만들어 보라고 했다. 입지를 다지는 데 도움이 될 거란 사실도 빼먹지 않았다. 경비대와 경찰 중엔 제주에서의 전공(戰功)을 바탕으로 고속승진을 하는 경우가 많았다.

초벌구이 하듯 매타작을 당한 김의 얼굴은 붓고 여기저기 피멍이 들어있다. 마주앉은 김은 그러나 매서운 비서부장의 시선을 피하지 않는다.

"얼케 다시 맞고 시작하갔어?"

"이런다고 달라지는 건 없어요."

"어마이 생각도 해야디."

아픈 곳을 찌르는 말이다. 김은 입술을 질끈 깨문다.

"최의 노모가 얼케 된 건 알고 있지비?"

"원하는 게 뭡니까?"

"이거이……. 지장 띡고 끝내자."

비서부장이 타이프로 친 진술서를 내민다. 김은 진술서의 내용을 읽으며 고개를 좌우로 흔든다. 진술서에는 김이 오랜 친구

이자 동료인 김달삼과 함께 남로당의 지령을 받아 무장폭동을 일으켰다는 내용이 적혀 있다.

“종일이 형을 찾는다는 핑계로 출세할 생각만 하는군요. 마을 청년들의 목숨을 담보로…….”

“동일이 납치하려고 판으 짠 게 누군데 기래!”

말을 끝내기도 전에 탁자를 치며 비서부장이 소리친다.

“질문으 다시 하디. 김달삼이르 알고 있디? 일본에서부터 알고 있었디 않아? 거기서 사회주의 공부 같이 하면서 제주에 폭동을 일으킬 계획으 짠 거이야. 기렇티?”

“말도 안 되는 소립니다. 당신도 잘 알잖아요?”

“이런 쌍!”

탁자를 밀친 비서부장이 김의 가슴을 사정없이 후려 찬다. 김은 힘없이 바닥으로 넘어진다. 비서부장은 쓰러진 김의 목과 턱 사이로 워커발을 가져가 지그시 누른다.

“문식이도 이런 식으로 지장을 찍게 했나요?”

지지 않고 입을 여는 김에게 비서부장은 가소롭다는 듯 말한다.

“간나새끼. 질문은 내가 하는 거다. 넌 묻는 말에나 대답하라!”

“그렇다면 정말 할 말이 없습니다.”

생긴 것과는 다르게 호락호락한 녀석이 아니구나. 비서부장은 김을 내려다보며 생각한다. 녀석의 어머니를 잡아 족치기 전까진 절대로 굴복시킬 수 없을 거란 사실도. 그때 취조실 안으로 경관이 들어와 사람이 찾아왔다고 전한다.

"누구야?"

"홍성수라는 사람입니다."

"홍성수?"

비서부장은 곤지동에서 만났던 글쟁이를 기억해 낸 뒤 미간을 찡그린다.

김의 어머니와 함께 모습을 나타낸 홍성수의 얼굴은 초췌하다. 김종일이 산사람들에게 납치당한 이후 한숨도 자지 못한 모양새다. 속옷과 사식을 가지고 화북지서로 들어서는 김의 어머니가 먼저 비서부장에게 허리를 90도 가까이 굽히며 인사를 건넨다. 비서부장은 심드렁한 표정으로 응답하며 뒤따라 들어오는 홍성수에게 악수를 청한다.

"여기까딘 무슨 일이오?"

"마을 청년들을 풀어주세요."

다짜고짜 석방 이야기부터 꺼내는 홍성수의 태도가 마음에 들지 않는다. 비서부장은 욱하는 감정을 삭이며 홍성수에게 말한다.

"종일이가 납치르 당했소."

"종일이가 납치를 당한 건 저도 마음 아픕니다. 하지만 마을 청년들과는 관계가 없어요."

"최기호르 알디 않소?"

"……."

"길구 방만식이……. 우리 정보에 의하면 방만식이르 남로당과 깊은 관계르 있소."

비서부장의 말이 낯설게 느껴진다. 언젠가 김헌일은 방만식에 대해 이런 말을 한 적이 있었다. '그저 순하고 제주의 자연을 좋아하는 사람입니다. 올바른 집안에서 자랐다면 꽤 유능한 사람이 되었을 거예요. 선생이든, 의사든, 판검사든, 뭘 해도 어색하지 않은 사람이니까.'

"비서부장의 말을 부정하자는 게 아닙니다. 단지, 마을 청년들 대부분이 산사람들과 관계가 없다는 말을 하고 있는 겁니다."

"책임으 딜 수 있소?"

"원하신다면……."

"그 말 한마디에 당신으 목숨이 달려 있지비."

홍성수를 바라보는 비서부장의 눈에 살기가 인다. 하지만 여기서 물러설 수 없는 홍성수다.

"목숨을 걸라면 걸겠소."

"지금 농담으 하는 게 아니오."

"알고 있어요."

한동안 두 사람 사이에 팽팽한 긴장감이 감돈다. '가방끈 긴 려석드르 이래서 싫티.' 비서부장은 글쟁이 녀석이 사찰주임만 믿고 이런 행동을 하는 거라 믿는다.

"풀어 두기 싫다멘 얼케 할 생각이오?"

“중앙지에 사설을 쓰겠소. 지금 제주에서 일어나고 있는 비상식적인 일들에 대해서 말입니다. 그리고 거기에 관련된 사람들 모두 직책과 이름을 실명으로 거론할 겁니다.”

“디금 협박으 하는 겁매?”

“협박이 아니라 진심을 말하는 것뿐이오.”

마음 같아선 김과 함께 흠씬 두들겨 팬 뒤 육지형무소로 보내버리고 싶지만 이내 마음을 추스른다. 괜히 시끄럽게 할 필요는 없으니까. 비서부장은 한 발짝 물러서서 생각한다. 어차피 도망칠 곳도 없는 녀석들이니 말이다.

“종일이가 살아 돌아오디 않으멘 그땐 정말이디 나한테 아무것도 바라디 말기요.”

그제야 홍성수도 마음이 풀렸는지 비서부장에게 대꾸한다.

“누구보다 그걸 바라는 사람은 접니다.”

9

김종일이 돌아올 때까지 마을을 떠나지 않겠다고 고집을 피우던 한석희를 설득시킨 것도 홍성수다. 최의 어머니가 고문 후유증으로 이틀 만에 숨을 거두자, 최가 다시 산사람들과 함께 마을에 들이닥칠지 모른다는 걱정이 앞선 때문이다. 하나뿐인 외동아들을 위해서라도 제주읍으로 들어가는 게 좋겠다는 홍성수의 말에 그녀는 입술을 질끈 깨물며 짐을 쌌다. 그동안 인선은 도립병원 근처에 방을 얻어 생활하고 있었다. 김종일이 살던 집이 비어 있었지만 시아주방의 물건들이 고스란히 남아 있는 그곳에 머물 자신이 없었다.

병상에서 홍성수의 이야기를 듣는 김헌일은 의외로 담담하다. 아무리 세상이 뒤집어진다곤 해도 사람의 천성이란 쉽게 변하지 않는 법이니까. 방만식은 절대로 형을 해칠 사람이 아니다……. 홍성수는 아직 부기가 빠지지 않은 김헌일의 얼굴을 내려다보며 길게 한숨을 내쉰다.

"형수는 지금 어디에 있습니까?"

"언니와 함께 있고 싶다고 해서……. 남문통 사거리까지 바래다주고 오는 길이네."

김헌일은 고개를 끄덕이며 되묻는다.

"비서부장이 내려가서 마을을 쑥대밭으로 만들었다면서요?"

"마을 청년들이 모조리 끌려가 조사를 받았지. 안타깝게도 최의 어머니는 끝내 돌아가셨어. 그리고 최와 친했던 문식이가 제주 경찰청으로 압송된 뒤에 소식이 끊어졌네."

"다른 친구들은요?"

"김과 나머지 청년들은 비서부장과 담판을 짓고 겨우 빼내 올 수 있었어."

"어떻게 알고 내려갔답니까?"

"글쎄……. 하지만 그는 영혼이 없는 사람 같았어. 종일이가 저런 사람과 친구였다는 사실이 믿기지 않을 만큼……."

"……."

창밖의 제주읍은 평온하기만 하다. 김헌일은 며칠 전 꾸었던 꿈을 생각한다. 혼미한 상태가 계속되던 날이었다. 숨쉬기가 어려워 새벽까지 몸을 뒤척이다 겨우 잠이 들었을 때 산사람들에게 끌려갈 당시의 모습으로 김종일이 나타났다. 두 손이 쇠줄에 묶인 채 파리한 얼굴로 춥다는 소리를 끊임없이 내뱉었다. 김헌일이 '형님 왜 그러시오? 거기가 어딘데 그리 춥소?'라고 물어도 김종일은 춥다는 말만 되풀이했다.

"형님은 살아 있을까요?"

"그렇게 믿어야지."

하지만 김헌일의 얼굴은 어둡다. 그날 밤, 급히 본가를 나서려는 형을 붙잡지 않았다면 이런 일은 일어나지 않았을 것이다. 병상에 누워 있으면서도 그때 일이 자꾸만 떠올라 그는 몇 번이나 몸을 뒤척이며 한숨을 내쉬었다.

"형님은 어떻게 하실 생각이시오?"

"난 곤지동으로 돌아갈 생각이네."

김헌일이 홍성수를 힘겹게 올려다본다. 그는 더 이상 묻지 말라는 듯 김헌일의 손을 살며시 잡는다.

"어차피 해안이 봉쇄되어 갈 곳도 없으니……. 곤지동에 들어가 해결하지 못한 일이나 정리하고 싶어."

"아직까지도 사람이 죽어 나간다면서요."

"인명은 재천이라 하지 않나. 어쩔 수 없는 일이지……. 나보단 자네가 걱정일세. 몸조리 잘하게나."

"차라리, 제가 끌려갔어야 했습니다."

김헌일은 처음으로 속엣 생각을 홍성수에게 털어놓는다.

"이 사람……. 그런 약한 소리를 왜 하나. 제수씨와 어린 조카는 어떻게 하라구."

호흡을 가다듬던 김헌일이 다시 입을 연다.

"왜 절 중간에서 풀어 주었는지 알 수가 없었지요. 그를 보기 전까진."

"무슨 말인가?"

"비석거리 앞 오름 근처에서 왜놈 군복을 입은 사내가 있었습니다. 처음엔 모자를 깊게 눌러서 반신반의했었는데, 차가 불에 탈 때 그 사내의 얼굴을 자세히 볼 수 있었어요. 그리곤 확신이 들었지요. 만식이라는 걸."

홍성수는 당황한 낯빛으로 김헌일을 내려다본다. 옆에 있던 인선도 적잖이 놀란 모양이다.

"사실은…… 자네에게 말하지 않은 게 있어…… 비서부장이 그러더군. 방만식이 남로당과 관계가 있다고 말야."

"모든 게 제 잘못입니다."

인선은 믿기지 않는다는 표정으로 두 사람의 대화를 엿듣는다. 방만식이라면 남편과 죽마고우처럼 막역했던 사이 아닌가.

세상이 어떻게 되려는 것일까? 초주검이 되어 돌아온 남편도, 집안의 기둥이었던 시아주버니의 실종도, 하루아침에 쫓겨나듯 마을을 떠나야 했던 억울한 심정까지 더해져 가슴이 먹먹해진다.

홍성수가 돌아가고 난 뒤 김헌일은 침울하다 못해 고통스러운 얼굴로 병실 천장을 올려다본다. 의사가 회진을 돌 때까지 침묵을 지키던 김헌일이 입을 연 건 저녁식사 시간이 한참 지난 뒤였다.

"형수와 아이가 궁금하구려."

인선은 대꾸하지 않는다. 다만 김헌일이 갈아입은 속옷을 보자기에 쌀 뿐이다.

"시간 내서 다방에 가쿠다게."

마지못해 입을 여는 그녀의 목소리에 퉁명함이 가득하다.

"성진이 걱정이요. 백일도 안 된 녀석이 그런 큰일을 치르고서……."

"만식 삼춘이 얼케……."

참았던 말을 끄집어내려다 결국 뒷말을 잇지 못한다. 김헌일은 아내의 그런 모습을 담담히 받아들인다. 인선의 원망스러운 눈초리에도, 왜 당신만 살아 돌아왔냐고 따져도 변명할 말이 없기 때문이다. 소총을 든 사내가 만식이었다면 시아주버니와 같이 내려올 수도 있지 않았냐고 닦달을 해도 변명할 말이 없기 때문이다. 서슬 퍼런 칼날을 보는 순간 그는 형의 안부 따위를 생각할 겨를이 없었다. 불타는 자동차 옆에서 묵묵히 자신을 지켜보던 사내가 만식이라는 걸 확신하고도 형을 살려 달라고 외치지 못한 이유가 정말 목구멍 속에서만 맴도는 목소리 때문이었을까? 생명에 대한 집착과 공포 때문이 아니었을까? 그런 죄책감에서 김헌일은 결코 빠져나올 수가 없었다.

10

별도봉을 지나 붉은오름으로 행군하는 동안 방만식은 절뚝거리며 끌려가는 김종일의 뒷모습을 무심히 바라본다. 따지고 보면 그와는 처음부터 원수 질 일이 없었다. 주인집 장남으로 서울서 유학하고 돌아온 샌님에 불과했으니까. 겨우 한글을 뗄 수 있었던 쇠테우리 방만식과는 태생부터 살아온 환경까지 모든 게 달랐다. 정이 많은 김헌일과 달리 김종일은 방만식을 종부리듯 대했지만, 그렇다고 나쁜 인간은 아니었다. 아버지를 닮아 냉정하고 이재에 밝은 편에다 일찍부터 일본을 동경해 왔던 것뿐이었으니. 일본이 전쟁에 패하지 않았다면 그는 시모노세키나 오사카에서 창씨개명을 한 일본이름으로 평범하게 살아 갔을지 모른다.

앞장서 걷던 일본도 사내가 뒤돌아서서 방만식을 기다린다. 한라산 꼭대기에 걸린 만월이 제주의 밤을 밝히고 있다.

"도당 군사부에서 좋아하지 않을 겁니다."

일본도 사내가 기다렸다는 듯 말을 꺼낸다.

"구숭(불평) 호지 맙써."

"그래도……."

"호꼼만 이십서게. 지대장이 맘에 걸린다멍 내가 해결하주."

일본도는 대꾸하는 대신 앞서 가는 김종일을 바라본다. 육중한 몸에 절뚝이는 뒷모습이 마치 도축장에 끌려가는 돼지 같다. 차라리 가금이었다면 소대원들의 주린 배라도 불릴 수 있을 텐데. 일본도는 기동부대를 맡고 있는 방만식의 행동을 이해할 수 없다. 사령부의 명령대로라면 김종일은 연디동산에서 총살시켜야만 했다.

김종일은 정보부에서 건너온 리스트의 앞장에 있던 사람이었다. 사업을 위해 서청의 간부들에게 금전적인 지원을 하고 있었기 때문이다. 친일경력의 고문경찰들과도 친분이 두터워 제주읍 특별위원회에서도 그에 대한 정보를 수집하고 있었다. 서청과 경찰들의 가혹행위는 이미 도를 넘어 고문치사나 공개처형까지 가책 없이 저지르던 때라 더더욱 그를 용서할 수 없었다. 사무실에 위장 취업한 민주여성동맹 소속의 비서로부터 김종일이 모일 모시에 곤지동으로 들어간다는 정보가 흘러나왔다. 그 정보는 통신대를 통해 사령부로 전달되었고 훈련 중이던 유격대로 곧 작전이 하달되었다. 먼저 마을 주변의 전화선을 끊고 도로 곳곳에 웅덩이를 파거나 돌멩이를 쌓아서 응원경찰의 진입을 막았다. 김종일이 집으로 들어가는 걸 확인한 최가 마을 앞에 대기 중이던 기동부대에 신호를 보냈다. 방만식은 마을로 내려가는 대신 일본도에게 명령했다. 죽이지 말고 살려서 데려올 것. 그때부터 일본도는 방만식을 이해할 수 없었다. 김종일의 동생을 함께 끌고 왔을 때도 방만식은 매서운 눈초리로 그는 풀어주고 떠난다고 말했다.

"어떻게 하실 생각입니까?"

"전향한다멍 큰 힘이 될 거우다."

"죽이지 않고 같이 입산한다는 뜻입니까?"

방만식은 대답 대신 고개를 끄덕인다.

"이런 적은 없었어요. 더구나 우리의 아지트까지 노출될 위험이……."

"나한테 맡기멍 되는 거우다."

서청의 프락치 같은 놈을 그토록 살리고 싶어 하는 이유가 무엇일까? 김종일은 자신의 사리사욕을 위해 제주도민들의 고통을 외면하고, 오히려 그 가해자들에게 양심을 판 사람이다. 절대로 용서할 수 없는 일이지 않은가. 일본도는 김종일에게 다가가 보란 듯이 그의 등을 밀치며 빨리 걸으라고 호통을 친다.

제주읍을 우회해 거문오름에 다다를 무렵 하늘은 어느새 푸른 빛을 내뿜기 시작한다. 날이 차츰 밝아오면서 어디선가 까마귀 울음소리가 처량하게 들려온다. 김종일은 졸음을 이겨 내지 못하고 반쯤 눈을 감은 채 비틀거리며 걷는다. 그의 곁에 선 무장대들도 마찬가지다. 혹시 있을지 모를 토벌대의 추적을 피해 밤새 행군한 탓이다. 99식 소총을 어깨에 둘러멘 방만식이 제일 먼저 거문오름의 중턱을 넘어선다.

왜정시대에 만들어진 갱도진지가 오름 중턱에서부터 군데군데 그 모습을 드러낸다. 진지 주변은 잡풀과 넝쿨이 우거져 쉽게 눈에 띄지 않는다. 오름 정상에 교대로 보초를 세우면 나머지 대원들은 갱도진지 안에서 잠을 청할 수 있을 것이다. 낮 동안 이곳에서 휴식을 취한 후 이동한다면 내일 새벽까진 관음사에 도착할 수 있을 것 같았다. 호흡을 가다듬던 방만식이 주먹을 불끈 쥐며 휴식이라고 외친다. 몇몇 소대원의 입에서 탄성이 터져 나온다. 심기가 불편해 있던 일본도도 그 자리에 주저앉아 수통부터 꺼내든다.

김종일 역시 하얗게 질린 얼굴로 갱도진지의 이끼 낀 시멘트 벽에 몸을 기대고 앉아 가쁜 숨을 내쉰다. 입술이 부르튼 그는 목이 마른지 연신 마른 침을 삼킨다. 만식이 다가가 말없이 수통을 내민다. 김종일은 만식과 눈도 마주치지 않은 채 수통을 빼앗듯 양손으로 움켜쥐고 주둥이 부분을 입으로 가져가 벌컥거리며 물을 마신다. 방만식은 그 모습을 내려다보며 지쿠호 탄광에서의 생활을 떠올린다. 새벽부터 시작된 고된 노동은 늦은 밤이 되어야 끝이 났다. 언제 무너질지 모르는 갱도의 깊은 곳까지 탄차를 끌고 들어가 작업을 했다. 전등 없이는 한 치 앞도 분간할 수 없는 어두운 곳이었다. 곡괭이 자루로 찍어 댈 때마다 고스란히 그 충격이 몸으로 전해졌다. 여러 번 물집이 잡힌 손바닥은 어느새 거북이 등처럼 굳은살이 박여 감각이 둔해졌다. 12시간씩 2교대로 시작되는 근무는 휴일도 밤낮도 없었다. 안남미와 옥수수를 섞어 만든 잡곡밥에 감자껍질이 들어간 된장국과 절인 무로 끼니를 때우다 보니 항상 배가 고팠다. 한 달도 지나지 않아 얼굴이 누렇게 뜨고 손발이 부어올랐다. 거기다 요시무라의 괴롭힘은 집요하다 못해 끈질겼다. 케이블선을 가지고 다니면서 회초리처럼 등짝을 후려치거나 할당량을 채우지 못했다는 핑계로 작업시간이 끝난 뒤에도 갱도를 나오지 못하게 막아섰다. 언제부턴가 모두들 말을 잃어갔다. 노예처럼 일어나 일하고 쓰러져 자는 일이 반복되었다. 하루하루를 견디는 길밖엔 지쿠호 탄광에서 살아남는 방법은 없어 보였다.

"주린 배를 물로 채우멍 오늘도 무사히를 외치는 게 일과가 되엇수다."

방만식은 모자를 벗어 허리춤에 찬 뒤 한쪽 무릎을 꿇고 앉아 혼잣말처럼 내뱉는다. 수통에 들어 있는 마지막 한 모금의 물방울까지 마신 뒤에야 김종일은 겨우 방만식의 목소리를 알아본다. 한동안 침묵이 흐른다.

"만식이……."

김종일이 수통을 내밀며 묻는다.

"그 일 때문인가?"

"무슨 생각을 하던 나와는 상관 없수다. 종일 성은 처음부터 제주도당의 타켓이었주."

"그런데도 왜 날 아직까지 살려 뒀나?"

"헌일이 때문이주."

"헌일이?"

방만식은 고개를 끄덕인다.

"헌일이가 날 살렸듯이 나도 성님을 살릴 거우다."

"날 원망하지 않나?"

"후쿠오카에 있으멍……. 영감과 성님을 많이 원망했수다."

방만식은 목 뒤의 흉터를 보여준다. 요시무라가 휘두른 케이블선에 맞아 생긴 흉터였다.

"지쿠호 탄광엔 한인 징용자들이 많이 있었주. 그들을 통해 전 세상을 알았수다. 왜 세상이 변해야 하는지도……. 하멍 지금 생각하멘 원망할 일만도 아니주. 후쿠오카에 가지 않았다멘 그저 그런 인생을 살으멍 했겠주."

"헌일이한테는 왜 말하지 않았나? 일본으로 떠난 이유를……."

"헌일이가 상처받는 걸 원하지 않았주."

씁쓸한 미소가 인다. 친형제보다 두 사람의 사이가 더 끈끈해 보였기 때문이다. 김종일은 반쯤 체념한 얼굴로 방만식을 바라본다.

"우리 김씨 집안을 이을 아들놈이 태어났어. 그 녀석을 유복자로 만들고 싶진 않아."

"서청과 경찰 때문에 가족을 잃은 사람이 많수다……. 그 고통을 성님은 이해할 수 없을 거우다."

방만식의 표정에서 어떤 결의 같은 게 보인다. 한편으로는 서청의 비서부장과 호형호제하며 가깝게 지내는 종일을 나무라는 것도 같다. 그의 눈빛이 변한 건 후쿠오카에서 돌아온 뒤부터다. 일본에서 어떤 일을 겪었는지 알 순 없지만 그는 과거의 순박하고 무던한 성품의 방만식이 더 이상 아니었다.

"헌일이한테 듣기 전까진 자네가 화북지서에서 고초를 겪었다는 걸 정말 몰랐어. 알았다면 내가 먼저 손을 썼을 거야."

"지나간 일이지멍."

"날 어떻게 할 생각인가?"

"관음사로 데리고 갈 거우다."

"관음사?"

"그곳에서 정치지도원 동무를 만나기로 했수다. 그와 성님을 살릴 방법을 의논할 거우다."

"그가 날 죽이려 한다면?"

방만식은 대답하는 대신 김종일을 넌지시 바라본다.

"죽음이 두렵수?"

"죽음을 두려워하지 않는 사람도 있나?"

"곧 만나게 될 거우다. 죽음을 두려워하지 않는 사람들을……."

잠시 뜸을 들인 뒤 방만식이 다시 입을 연다.

"그 사람들을 벼랑 끝으로 내몬 이가 비서부장 같은 도살자들과 권력에 눈이 먼 정치꾼들이우다. 가장 사랑하는 사람을 잃게 만들고 목숨을 담보로 남이냐 북이냐를 강요하는 거주. 겐데 성님은 그들과 어떻게 친구처럼 지낼 수 있수과? 돈 때문이라멘 성님 말대로 그들이 결코 용서하지 않을 거우다."

11

한석희를 보며 인선은 짐짓 당황함이 앞선다. 새빨갛게 립스틱을 칠한 입술에 분을 두껍게 바른 피부는 창백할 만큼 희고 아름답다. 가지런한 이를 드러내며 함박웃음을 짓고 있는 그녀의 얼굴이 다방에서 제일 눈에 띈다. 김종일이 산사람들에게 끌려간 뒤 쫓기듯 곤지동을 빠져 나올 때만 해도 그녀는 초췌한 모습에 생기라고는 없어 보였다. 군복 입은 사내들 틈에서 농밀한 농담을 주고받는 그녀의 모습이 인선에게는 그래서 더 가슴 아프다.

경찰과 정답게 이야기를 나누던 한석희가 카운터 근처에서 엉거주춤 서 있는 인선을 발견하고 눈짓을 한다. 인선은 말없이 부엌 쪽으로 걸어간다. 부엌 한켠에서 설거지를 하고 있던 주방 아주머니가 인선을 알아보고 인사를 건넨다. 그녀는 부엌을 지나 2층에 있는 방으로 올라간다.

일본식 다다미방으로 두 자 크기의 창문이 외따로 나 있다. 창밖으로 원정로 주변이 내려다보인다. 제주경찰서와 도청, 관덕정, 읍사무소, 식산은행이 있는 제주읍의 중심지다. 인선은 잠시 창밖을 바라보다가 무릎을 꿇고 앉는다. 배고파 울던 성진은 지친 듯 그녀의 등에서 새근거리며 잠들어 있다. 그녀는 성진을 다다미방 중앙에 조심스레 눕히고 벽에 기대어 앉는다. 눈매와 콧날이 영판 김씨 집안 사내다. 인선의 얼굴에 살며시 미소가 인다. 남편에겐 이야기하지 않았지만 그녀는 시간이 날 때마다 한석희 대신 성진을 돌보고 있었다.

화장대 앞에는 일제 화장품이 어지럽게 널려 있고 옷걸이에는 화려한 색깔의 속옷이 걸려 있다. 인선의 입에서 절로 한숨이 튀어나온다. 시아주버니가 납치되지 않았다면 이런 낯 뜨거운 일은 일어나지 않았을 것이다. 밖에서 들리는 사내들의 웃음소리가 인선에게는 더없이 고통스럽다.

방으로 들어오는 한석희의 얼굴에는 피곤함이 묻어 있다. 경찰들 앞에서 환하게 웃던 모습은 찾아볼 수 없다. 그런 그녀의 얼굴을 인선은 정면으로 바라보지 못한다. 성진의 분유값 명목으로 받는 돈 때문이다. 손위 동서로서의 위엄과 김씨 집안의 권위가 하루아침에 조각난 까닭도 있을 것이다. 한석희는 잠든 성진의 얼굴을 멍하니 바라본다.

"서방님은 어떠세요?"

"퇴원 준비 하고 잇주……. 곧…… 해야주."

곤지동에 있을 때와 달리 한석희 또한 인선을 대하는 태도가 어색하다.

“꼭 이곳에서 일을 해야 하수꽈? 남편이 시아주방 회사에 갈 생각을 하던데…… 게메…….”

“저들이 복수를 해 줄 거예요.”

한석희는 차분하게 대답한다. 인선은 그녀의 반응에 그저 마음속으로 놀랄 뿐이다. 김종일과 김헌일이 끌려가고 난 뒤에 안절부절못하던 인선과는 달리 차분하게 짐 정리를 하던 한석희였다. 짐을 싸 놓으라고, 앞오름 근처에 자동차를 세워 두고 왔다고, 혼잣말처럼 내뱉으며 아침 해가 뜰 때까지 마루방에 걸터앉아 김종일을 기다리던 그녀의 모습이 아직도 눈앞에 선하다. 김헌일을 지게에 메고 돌아온 홍성수가 시아주방을 찾을 수 없었다는 불행한 소식을 전할 때에도 그녀는 동요하는 기색이 없었다.

“무슨…… 그런 말을 함써…….”

“아침에 업혀 온 사람이 서방님이 아니라 성진이 아버지였다면 어떻게 했을 것 같아요?”

“…….”

인선은 아무 말도 할 수가 없다. 한석희의 갈라지는 듯한 목소리에서 그날의 아픔이 고스란히 묻어 나온다. 입술을 질근 깨문 한석희가 가슴을 풀어헤친다. 탱탱해진 유두에서는 희멀건 젖 방울이 맺혀 있다. 성진을 보듬어 안고 가슴에 얼굴을 가져간다. 아이는 본능적으로 입을 우물거리며 한석희의 가슴을 찾는다. 인선은 안타까운 시선으로 두 모자를 바라본다. 조그만 입으로 소리가 날 만큼 힘차게 젖을 빠는 성진과 그 얼굴을 슬프게 내려다보는 한석희의 모습에서 인선은 눈을 뗄 수가 없는 것이다.

12

사찰주임은 홍성수를 감찰청이 아닌 그의 숙소로 안내한다. 숙소는 감찰청에서 100미터쯤 떨어진 5층짜리 신식 건물이다. 왜정시대 때부터 운수회사 건물이었던 이곳에는 사찰주임뿐 아니라 육지서 들어온 경찰 간부들이 묵고 있었다.

사무실로 사용되던 곳이라 사찰주임이 기거하는 방은 넓고 창문이 많다. 동쪽으로 난 벽은 전부가 날일(日)자형 창문이다. 사찰주임은 군용 모포가 깔린 간이침대에 엉덩이를 깔고 앉아 홍성수에게 담배를 권한다. 창가에 서 있던 홍성수가 다가가자 사찰주임은 미군들이 사용하는 지포라이터와 함께 럭키 스트라이크 한 개비를 그의 손에 쥐어 준다.

"제주읍엔 언제 들어왔습니까?"

"며칠 되지 않았어요……."

"비서부장이 종일일 찾기 위해 동분서주한다고 들었소."

"죄 없는 마을 청년들이 그 때문에 많은 고초를 겪었습니다."

"그 친구…… 처음엔 복수에 눈이 멀더니 지금은 출세욕에 혈

안이 되었소."

사찰주임은 침대에서 일어나 책상 앞으로 걸어간다.

"세상일이란 게 원래 그런 것 아니겠소? 어차피 우리 힘으로 이룬 독립도 아니니까……. 대신 피 흘리며 왜놈들과 싸운 건 미국이었지. 당연히 그들 입맛에 맞는 정부를 세우고 싶어 하는 게 자연스러운 거요. 그런 면에서 소련과 김일성은 날강도 같은 놈들이지. 크크크……."

시레이션 상자를 집어 들며 말을 잇는다.

"양키들은 뭐든 나눠 주려고 해요. 놈들에게 손을 벌리면 두말하지 않소. CIC사무실에서 시레이션 상자를 얻어 오는 경우도 더러 있죠. 여긴 갈수록 어려워지는데 말이오. 더구나 이북에서 넘어온 서청 아이들이 물 만난 고기떼처럼 휩쓸고 다니니……."

사찰주임은 시레이션 상자를 홍성수에게 건네고 다시 침대로 걸어가 앉는다.

"혜화전문학교 시절엔 홍성수라는 이름이 꽤 유명했지요. 1학년 땐가…… 신문에 소설이 실렸으니까."

"기억하고 있을 줄은 몰랐소."

"저도 한때는 괴테에 심취해 있었지요. 지금 생각하면 낯 뜨겁긴 합니다만……. 하지만 여기선 모든 게 이성으로 판단하기가 어렵게 되었소. 며칠 전에는 고문 전문가들이 서울서 내려왔지요. 그네들이 하는 일이라고는 왜정시대 때와 달라진 것이 없소. 단지, 빨갱이를 골라 낸다는 것 외에는."

"메피스토펠레스에게 영혼을 팔아 버린 녀석들이겠죠."

"말조심해야지. 요즘엔 세치 혀와 손가락이 제일 무서운 법이오. 요놈 하고 찍으면 그것으로 모든 게 끝장이니까."

사찰주임은 미소 띤 얼굴로 홍성수를 바라본다. 그리고 손가락으로 그의 가슴을 가리킨다.

"왜 곤지동으로 다시 들어가려는지 그 이유를 물어봐도 되겠소?"

망설이던 홍성수는 솔직해져야 한다는 걸 깨닫는다. 사찰주임에게 사생활을 털어놓는 게 싫지만 그의 도움 없인 곤지동으로 들어갈 방법이 없다.

"사귀는 여자가 있어요. 그녀와 함께 서울로 올라가는 게 언제부턴가 유일한 소원이 되어 버렸소."

담배를 피우던 사찰주임이 홍성수를 한동안 노려보다가 웃음을 터뜨린다. 얇은 입술과 가지런한 치아 때문에 그의 웃는 인상이 홍성수에게는 오히려 차갑게 느껴진다.

"결국엔…… 사랑이 문제였군……. 실례가 되지 않는다면 여자의 이름을 알고 싶군요."

"권… 유… 순……."

"아! 비서부장도 그 여자 이야길 하더군요……. 남편이 징용으로 끌려갔다 돌아오지 못했다고……. 역시, 작가답게 홍 선생도 미인을 알아보는군."

다시 군용 침대에서 일어난 사찰주임은 창문 사이로 피우던 담배를 집어던진다.

“그런 일이라면 마땅히 도와 드려야지. 내일 오전 중으로 만날 약속을 합시다. 재수가 좋으면 토벌 나가는 경비대 트럭을 얻어 탈 수도 있을 테니까……. 자, 그 이야기는 이것으로 끝내고……, 어떻습니까? 나와 술 한잔하겠소? 이 건물 지하에 바(bar)가 있지요. 아가씨들도 마음에 들 거요.”

홍성수는 마지못해 고개를 끄덕인다. 사찰주임은 유쾌한 듯 그의 어깨를 두드리고 나서 세 자 크기의 옷장으로 걸어간다. 그가 외출복으로 갈아입는 동안 홍성수는 권유순의 얼굴을 떠올린다. 떨어져 있으면 있을수록 그녀에 대한 그리움으로 홍성수의 가슴은 가득 차는 것이다. 혹시, 험한 일이라도 당하진 않았을까? 마음 졸이며 밤잠을 설친 적이 한 두 번이 아니었다. 말끔한 정장 차림의 사찰주임이 나가자는 손짓을 한다. 홍성수는 말없이 그의 뒤를 따라 복도로 나선다. 맞은편에서 술에 취한 듯 비틀거리며 걸어오던 경위가 사찰주임에게 아는 척을 한다. 그 남자 뒤에는 10대 후반으로 보이는 소녀가 겁먹은 얼굴로 서 있다. 홍성수는 소녀와 눈길을 마주치지 못한다. 계단을 내려가면서 사찰주임은 복도가 울릴 만큼 큰소리로 홍성수에게 말한다.

“저 친구는 4월 초에 제주에 들어왔죠. 몇 번 토벌을 나갔다 오더니 술과 여자 없인 하루도 살 수 없는 인간이 되었소. 그것도 나이 어린 여자만 골라서 말이오. 하하하……. 전부가 미쳐 가고 있는 게 아니겠소?”

홍성수는 여전히 침묵을 지킨다. 다만, 제주읍을 벗어난 중산간 지방에서 어떤 일들이 벌어지고 있는지 궁금해질 뿐이다.

지프에서 내려 연병장을 걷는 동안 홍성수는 철조망 안에 있는 노약자와 부녀자, 아이들을 보고 놀란다. 천막과 건물 안에는 그보다 많은 수의 사람들이 수용되어 있을 것이다. 사찰주임은 먼지바람이 일자 신경질을 부린다. 손수건으로 입과 코를 막으며 걷는 그에게 홍성수가 묻는다.

"무슨 죄를 지은 겁니까?"

"폭도들이오. 토벌이 본격적으로 시작되면서 수용소 안이 비좁을 정도가 되었죠……. 아무튼 이 냄새엔 적응이 되지 않소. 지나다닐 때마다 이런 역겨운 냄새를 맡아야 하다니……."

"노약자나 부녀자, 아이들이 많군요."

"저 아이들이 빗개를 서는 겁니다. 봉오리에 올라가 교대로 망을 보지요. 경찰이나 경비대가 토벌을 나가면 나팔을 불거나 깃발을 흔들어 그 사실을 폭도들에게 알리기 위해섭니다. 그리고 부녀자들은 폭도들에게 옷과 식량을 구해 산으로 올려 보냅니다. 물론, 경찰과 경비대의 동향도 함께 말이오. 그러니 폭도와 다를 게 없는 거지."

"저 사람들은 그럼 어떻게 되는 겁니까?"

"저 중에서 남로당 놈들을 골라내야지. 골수 빨갱이들 말이오. 경비대 아이들이 그것 때문에 요즘 골치가 아픈 모양이오. 얼마

전부턴 양민증을 만들어 나눠준다고 들었소."

홍성수와 사찰주임은 운동장을 가로질러 100미터가량을 걸어 들어간다. 제주 농업학교의 교정은 4.3 이후 개편된 연대의 본부 건물로 사용되고 있었다. 건물 입구에 들어선 두 사람은 옷에 묻은 먼지를 털어내고 현관 안으로 들어선다. 건물 입구에서 경계 근무 중이던 군인이 사찰주임에게 거수경례를 붙인다. 1층 복도로 들어서는 홍성수의 몸이 움츠러든다. 이곳 어디에선가 서울에서 내려온 고문 전문가들이 제주도민들에게 끔찍한 고문을 자행하고 있을 것만 같다. '작전 3과'라는 문패가 걸린 사무실 앞에서 걸음을 멈춘 사찰주임이 홍성수에게 말한다.

"잠시만 기다려 주시오."

홍성수는 고개를 끄덕인다. 사찰주임이 문 안으로 사라지자 그는 복도를 두서없이 서성인다. 1년 전만 해도 교실로 사용되던 이곳을 이제는 부산과 대구에서 들어온 경비대들이 차지하고 있었다. 10평 남짓한 사무실 안에는 따분한 듯 군인들이 의자에 모여앉아 수다를 떨고 있다. 한 사내가 이북 사투리로 제주 여성에 대한 너저분한 이야기를 하면 주변에 모인 군인들이 웃음을 터뜨리거나 박수를 친다.

얼마 지나지 않아 사찰주임이 젊은 장교와 함께 복도로 나온다. 대위 계급장을 단 그는 호남형에 키가 큰 사내다. 홍성수에게 손을 내밀며 악수를 청한다.

"작전 3과에 윤 대위라 하오. 주임에게 대충 이야길 들었습니다만……. 그곳에 들어가는 건 토벌 작전이 끝난 뒤가 어떻습니까? 중산간 마을을 중심으로 여기저기 산발적인 전투가 벌어지고 있어요."

"그러니까 더욱 불안한 거겠지."

옆에 있던 사찰주임이 끼어든다.

"농담이 아니라…… 화북은 인민위원회가 어느 지역보다 견실했던 곳입니다."

"방법이 없을까요?"

홍성수의 간절한 마음을 읽었는지 대위는 다소 누그러진 말투로 대답한다.

"오늘 작전 나가는 곳이 몇 군데 있긴 합니다만, 화북리 쪽으로는 없는 걸로 압니다. 설사 그쪽으로 가는 차편을 구한다 해도 안전을 장담할 수 없고요."

"각오하고 있습니다."

대위는 머리를 좌우로 흔들며 웃는다.

"참…… 난감해요. 동창이 여기까지 찾아와 부탁하는 일이니 모른 체할 수도 없고……. 민간인에게 불하해 준 일제 군용 트럭이 있어요. 게중에 징발된 트럭을 이용하는 방법이 있긴 합니다만……."

"그렇게라도 힘써 보지. 싫은 소리라도 한다면 내가 가만있지 않을 테니까……. 생각난 김에 지금 연락해 보는 건 어때?"

옆에 있던 사찰주임이 다시 홍성수와 대위 사이에 끼어든다.

"트럭 기사에게 얼마간의 돈도 쥐여 줘야 할 겁니다."

대위는 장담할 수 없다는 말을 덧붙이고는 문 안으로 사라진다. 사찰주임은 사무실 안으로 들어가는 젊은 대위의 뒷모습을 보면서 입을 연다.

"저 친구 말로는 심각한 교전은 없다고 하더군. 그래도 제주읍을 벗어나는 건 위험한 일이니까……. 쌍방 교전으로 생기는 사망자보다 종일이처럼 납치되거나 야밤에 살해되는 경찰이나 민간인이 더 많다고 하니 말이오……."

"무법천지가 되어 버린 까닭을 모르겠어요. 난 아직까지도 누가 적인지 아군인지 분간이 가지 않아요. 육십 먹은 노인이나 열 살이 채 되지 않은 아이들까지 수용소에 갇혀야 하는 이유를 말이오. 도대체 저들 중에 주임이 말하는 빨갱이라는 자가 몇 명이나 될 것 같소?"

"그래서 북로당이나 남로당 빨갱이 녀석들이 간악하다는 것이오. 순진한 제주도민들 선동해 폭동을 일으키고, 정작 토벌이 시작되면 모습을 감추어 버리니까."

홍성수는 사찰주임의 말을 들으면서 곤지동에서 사라진 문식이를 떠올린다. 일본 유학파인 김명호는 거짓 진술서까지 강요받지 않았던가.

"미군정청도 그들을 합법적인 정당으로 인정하지 않았습니까?"

"남로당을 정당으로 인정한 건 미군정청의 오판이었소. 폭도들이 남로당과 관계가 있다는 것 또한 명백한 사실로 밝혀졌으니까. 제주에서 일어난 총파업과 5.10선거 반대 운동이 얼마나 조직적으로 이루어졌는지 그 하나만 살펴봐도 알 수 있는 일이지. 더구나, 올 1월엔 남로당 제주도당본부를 습격해서 얻은 정보도 있어요. 선거를 앞두고 특사령이 내려지는 바람에 유야무야되어 버렸지만 말이오."

"파업과 단정 단선 반대는 정당한 이유가 있었던 겁니다. 김구 선생과 김규식 선생도 이번 선거를 반대하고 북으로 가지 않았습니까? 일본의 군국주의 시대에도 제한적이긴 하지만 언론의 자유, 집회의 자유를 보장받았어요. 해방이 되고, 새 세상이 왔다고 서로 부둥켜안고 좋아하던 때가 엊그제인데, 이제는 서로에게 총칼을 들이대고 있는 겁니다."

"폭도는 폭도일 뿐이지."

"물론이오. 폭도는 폭도일 뿐이죠. 하지만 곤지동에서 취조를 당한 청년들이 주임이 말하는 빨갱이 폭도들이라면 나는 납득할 수가 없어요. 그들은 단지 조선의 장래를 걱정할 뿐이었소. 힘없는 나라, 가난한 나라를 둔 청년들이……."

"편 갈라 싸우는 덴 정의가 필요하지 않소. 중요한 건 누가 먼저 시비를 걸었느냐지. 그 다음엔 받은 만큼 돌려주고 다시 원상태로 만들어 놓으면 그만이오."

"그게 가능하다고 생각하시오?"

"엎질러진 물을 담기는 불가능하겠지. 하지만 그 물이 땅속에 스며들기 전에 파헤치는 것은 가능한 일이오. 그것이 우리가 할 일이지."

"곤지동에서 압송된 마을 청년도 포함해서 말입니까?"

"물론이오. 적어도 종일이 산 폭도들로부터 지목을 받았다는 건 알고 있었으니까……."

"그는 지금 어디에 있습니까?"

"제주읍으로 압송된 뒤의 일은 나도 모르겠소. 하루에도 수십 명의 빨갱이들이 제주읍으로 압송되는 형편이니까. 재판을 받았는지 아니면 육지형무소에서 실형을 받아 살고 있는지……."

"문식이란 청년에 대해서 알아볼 순 없습니까?"

"지은 죄가 없다면 곧 풀려나겠지……. 안 그렇소?"

홍성수의 표정이 굳어진다. 사찰주임은 홍성수에게 답변을 하는 대신 '작전 3과'의 사무실 문으로 시선을 돌린다.

13

1944년 가을부터 일본 본토에까지 미군의 폭격이 시작되었다. 한인 징용자들 사이에 일본이 패망할지 모른다는 소문이 나돌았다. 하지만 지쿠호 탄광에서의 생활은 오히려 열악해져 갔다. 썩은 내가 풍기는 잡곡에 소금을 넣어 끓인 무국으로 끼니를 때우거나 감자나 호박죽으로 허기진 배를 채우는 날이 많아졌다. 한 달에 한 번 꼴로 떨어지는 대량생산령의 할당량을 채우기 위해 12시간 이상을 갱내에서 일을 해야 할 때도 있었다. 부실한 식단과 고된 노동을 견디지 못하고 도망치거나 사고로 부상을 입는 징용자들이 늘어났다. 졸다가 탄차의 레일에 발등이 깔리기도 하고 낙반사고로 목숨을 잃는 경우도 있었다.

서생에 가까웠던 석호는 언제부턴가 천식을 앓기 시작했다. 노인처럼 가래 끓는 소리에 기침을 달고 다녔지만 탄광의에게 아무런 조치를 받지 못했다. 탄가루와 분진 때문에 천식과 폐렴을 앓는 징용자들이 많았지만 모두 석호와 같은 처지였다. 40도를 오르내리는 갱도 안의 열기를 참을 수 없었던 제갈은 알몸으로 작업을 하다 생긴 타박상으로 언제나 붉거나 퍼렇게 멍이 들었다. 고유수는 10킬로그램 이상 살이 빠진데다 영양부족 때문인지 탈모까지 생기면서 나이보다 훨씬 더 늙어 보였다. 제갈은 고유수를 볼 때마다 '그런 얼굴로 장가가긴 걸렀수다'라며 농을 건넸다. 방만식도 갱도 폭파 때 날아온 파편에 맞아 앞니 두 개를 잃었다. 제갈은 방만식에게도 '깨진 이빨 새로 탄가루 다 들어가겠수'라고 너스레를 떨었다. 탄광에서 일하는 동안 감정도, 생각도, 얼굴 표정까지도 무디어져 갔지만 천성이 낙천적인 제갈은 여전히 분위기를 살리려 노력했다. 하지만 탄광에서의 생활은 앞날이 보이지 않았다. 그나마 가질 수 있는 희망이라면 계약이 끝난 뒤 목돈을 챙겨 고향 제주로 돌아가는 꿈을 꾸는 거였다. 혈

혈단신 피붙이라곤 없는 방만식도 제주의 산과 들을 늘 떠올렸다. 제주의 맑은 공기와 자유가 무엇보다 그리웠다.

그러나 현실은 생각했던 것보다 가혹했다. 그 중심에는 요시무라와 도가다들이 있었다. 일본의 패색이 짙어지자 요시무라는 한인 징용자들이 파업을 일으키거나 폭동을 조장할지 모른다는 두려움을 가지게 되었다. 특히 석호를 눈엣가시처럼 싫어했는데 언제부턴가 석호를 중심으로 한인 징용자들이 단체행동을 하면서 일본인과의 차별대우나 작업환경 개선을 요구하는 일이 많아졌기 때문이다. 해고수당과 귀향여비를 두고 협상을 할 때에는 석호에게 소장이 직접 고개를 숙이며 해명을 해야만 했다.

"벌레 새끼 한 마리도 못 잡는 무능한 녀석이 대장 노릇을 하고 있으니……. 쯧쯧."

협상을 하고 돌아가면서 소장이 던진 말 한마디에 요시무라는 자존심에 큰 상처를 입었다. 오사카의 뒷골목을 휩쓸고 다니며 공포의 대상이었던 그가 조센징 한 놈 때문에 무능하다는 소리까지 듣게 되었으니 부하들에게도 체면이 서지 않았다. 그때부터 요시무라는 석호를 쥐도 새도 모르게 없애 버릴 생각을 하게 되었다.

1945년이 7월이 다가올 무렵 지쿠호 탄광에 또다시 사고가 발생했다. 갱도 내의 가스폭발로 8명의 사망자와 13명의 실종자, 다수의 부상자가 생겼다. 지쿠호 탄광은 메탄가스가 자연 발생하는 갑종탄광이어서 가스폭발사고가 종종 일어나곤 했다. 탄광의 노무자와 청원순사, 갱내 담당자, 탄광 의사로 이루어진 구조대가 곧 조직되었다. 무너진 갱도 안에는 13명의 실종자들이 있었고 그들 중에는 아직 생존자가 있을지도 몰랐다. 하지만 구조 작업을 벌이는 일은 위험을 감수해야만 했다. 갱도 내 잔존가스가 남아 있는데다 추가 붕괴의 위험성도 존재하기 때문이다. 요시무라는 이 기회를 놓치지 않았다. 방만식과 석호를 비롯해 회사와 대립각을 세웠던 직원들을 우선적으로 구조대에 편입시켰다. 매몰된 인부들 중에는 한국인 징용자가 많아 선택의 여지가 없었다.

"아직도 가스 유출이 많아요. 자칫 구조대까지 위험해질 수 있습니다."

중년을 훌쩍 넘어 버린 한국인 노루바시(1개의 막장을 감독하는 사람)가 요시무라에게 성급하게 구조대를 갱도로 내려 보내는 건 위험하다고 건의했지만 소용없었다.

"실종된 사람들 중의 절반이 반도인이라는 걸 잊은 건 아니겠지? 그리고 저기, 정의에 목마른 사람도 있지 않아."

요시무라는 석호에게 다가가며 말을 잇는다.

"너네들이 선생으로 모시는 이 작자가 직접 갱도로 내려가 사람들을 구할 테니까. 걱정할 필요가 전혀 없어……. 그렇지 않나? 석호 센세!"

누런 이빨을 드러내며 웃은 요시무라에게 석호는 아무 말도 하지 않았다.

관음사에서 바라보는 삼각봉은 언제나 운치가 있다. 바람에 실려 오는 풍경소리를 들으며 방만식은 잠시 제주의 달빛에 빠져든다. 지쿠호 탄광에서 일하는 동안 그는 다시는 고향으로 돌아갈 수 없을 거란 두려움에 떨어야 했다. 잃어버린 뒤에야 소중함을 깨닫듯이 방만식 또한 강제징용을 떠난 뒤에야 제주에서의 삶이 얼마나 행복했는지 깨달을 수 있었다. 특히 제주의 바람은 그리움을 넘어 몸의 일부처럼 느껴졌다.

"그렇게 멋대로 행동하다간 징계를 받을 거야."

석호의 목소리가 들려온다. 방만식은 뒤돌아서서 그를 바라본다.

"하멍, 정치지도원인 석호가 살려줍서."

"지쿠호에서 자네가 날 살린 것처럼 말인가?"

"아직도 그때 일을 생각하우꽈?"

"어떻게 잊을 수가 있겠어?"

석호가 담배를 꺼내 방만식에게 내민다. 두 사람은 담배를 나누어 피우며 관음사 경내를 가로질러 걷는다.

"세상을 변화시키는 건 철학도 전쟁도 정치도 아니라 했주. 신념만 있으멘 된다고……."

"순수했던 시절이었지."

"지금은…… 변했단 말이우꽈?"

석호는 씁쓸하게 미소를 짓는다.

"신념만으로 넘을 수 없는 벽도 있지. 그걸 깨닫기까지 많은 시간이 필요했지만."

"벽?"

석호는 고개를 끄덕이며 방만식에게 되묻는다.

"그를 살려야만 하는 이유가 있나?"

"특별한 이유는 없수다."

"요시무라를 기억하겠지? 제갈과 유수를 비롯한 수많은 한인 징용자들을 죽음으로 몰고 간……. 하지만 그 녀석보다 더 나쁜 놈이 바로 탄광의 소장이었어……."

"무슨 말을 하고 싶은 거우까?"

"김종일도 소장과 다를 바가 없다는 이야기네. 더구나 그는 제주에 탯줄을 묻는 사람으로 한때는 민전에서 활동을 했었지."

관음사 주변의 소나무 숲에서 바람이 분다. 솔잎이 흔들리며 '새' 한 소리를 내자 방만식의 가슴 한구석에도 바람이 지나가는 것 같다.

"전향을 시키멘 좋지 않을까 햅써……."

"그럼 또다시 배신을 하겠지……. 그에겐 민족도, 국가도, 심지어 타인의 목숨까지도 모두 돈 아래에 있네. 자신의 이익을 위해선 뭐든 할 수 있는 사람이야. 설사 자신의 가족을 희생시키더라도 말일세."

석호가 허리에 차고 있던 14식 권총을 뽑아 방만식에게 내민다.

"자네가 그를 살리고 싶대도 난 상관하지 않겠어. 하지만 그를 풀어준다면 이곳은 곧 죄 없는 사람들의 시신으로 가득 찰 거야."

"하멍, 그를 살릴 방법이 없는 거우까?"

석호는 대답하는 대신 한동안 방만식을 뚫어져라 쳐다본다.

"이것으로 내 마음을 대신하겠네. 하지만……. 자네가 어떤 선택을 하든 난 결코 자넬 비난할 생각은 없어."

권총의 손잡이 부분을 방만식에게 쥐여 주며 석호가 대답한다.

14

남자는 오른손으로 핸들을 잡고 다른 한 손으로는 담배를 피운다. 거드름을 피우는 남자의 모습은 백두산이라는 하나의 무기물 때문이다. 백두산이라는 담배가 가진 우월성에는 제주의 현실이 잘 나타나 있다. 난리가 나면서 제주도는 기아 상태에 빠져들었다. 생필품이 턱없이 부족했기 때문에 일제 말기만큼 어려운 상황이 이어지고 있었다. 남자처럼 백두산을 피울 수 있는 사람은 많지 않은 것이다.

남자의 손가락 사이에 걸린 담배처럼 홍성수의 마음도 타들어간다. 곤지동에 도착하면 제일 먼저 권유순을 만나야 한다. 그의 마음은 처음부터 그렇게 정해져 있었다.

일제 군용트럭까지 대여받은 걸 보면 사내는 볼품없는 외향과는 달리 육지서 건너온 군정사람들이나 경찰들과 어떻게든 손이 닿아 있는 게 분명하다. 조수는 제주읍을 벗어나는 동안 계속해서 하품을 해댄다. 머리를 이리저리 흔들며 졸다가 깨어나기를 몇 번이나 반복한다. 홍성수는 스포츠머리의 어린 조수에게서 동생의 모습을 떠올린다. 목덜미의 여드름 자국이나 구레나룻에 파릇파릇 돋아나는 솜털 같은 수염까지 말이다. 지금쯤 동생은 소나무 가지가 우거진 숲 속 창가에 앉아 수업을 듣고 있겠지.

"경 화북은 왜 다시 들어가려 하우꽈?"

운전이 따분한지 남자는 고개를 반쯤 옆으로 돌리며 퉁명스럽게 묻는다. 창밖을 바라보던 홍성수가 남자에게 대답한다.

"만나야 할 사람이 있습니다."

"주임에게 얼핏 듣긴 했습니다만, 맞수과? 곤지동 사는 예펜 때문이라는……."

홍성수는 대답하는 대신 살며시 미소를 짓는다. 주임이 쓸데없는 말까지 늘어놓은 모양이다. 옆에서 졸고 있던 조수가 실눈을 뜨며 홍성수를 올려다본다.

"그쪽은…… 결혼을 했습니까?"

"큰 아덜이 네 살이우다."

"한참, 귀여울 때군요."

"하루에도 몇 번씩 똘아이 얼굴이 떠오름서게. 하지만 시국이

어수선 하다 보니 걱정이 되는 것도 사실이우다. 물가는 오르고 돈은 가치가 없어지고……. 여기저기서 소나이 죽어 나간다는 소리만 들리니……."

남자는 한숨을 내쉬면서 다시 입을 연다.

"말씨가 여기 소나이는 아니고, 서울서 왐수꽈?"

"네. 친구집에 머리 식힐 겸 내려왔다가 그만 눌러앉아 버렸습니다."

"집에서 걱정이 이만저만 아니겠수다."

"무슨 말씀인지……."

"나주서 저희 성님이 경찰 서장을 하고 있수다. 저더러 빨랑 육지로 들어오라고 난리 아니수꽈. 그쪽에선 여길 빨갱이섬이라고 부른단 마씸."

"아, 네……."

홍성수는 머쓱하게 고개를 끄덕인다. 그리고 다시 시선을 차창 밖으로 던진다. 사내가 말하는 빨갱이섬 치고는 주변 경관이 아름답다. 바람결에 춤을 추는 유채의 노란 꽃잎은 부엌 한 곳에 퍼질러 놓은 콩고물 같다. 유채꽃 뒤로 일렁이는 파도는 여인의 속눈썹처럼 파르르 몸을 떨고 있다. 모든 것이 평화롭고 고즈넉하다. 홍성수는 차창 밖에서 흘러들어 오는 유채향기를 맡으면서 안드렁물의 밤을 떠올린다. 권유순의 몸에서도 유채꽃 같은 향기가 났을 것이다. 그녀의 그을린 매끄러운 피부와 봉긋한 가슴의 감촉이 시릴 정도로 그리워진다.

짙은 회색 먹구름이 하늘을 뒤덮고 있다. 바다에서 불어오는 소금기 섞인 해풍은 어느덧 산 중턱에서 막혀 버린 듯하다. 남자는 선심을 쓰듯 삶은 계란을 홍성수에게 내어놓는다. 조수는 계란 두 개를 요절내고 나서도 허전한 표정을 짓는다. 홍성수가 남자에게 받은 계란을 조수에게 내민다. 조수는 남자의 눈치를 살피더니 개구쟁이 웃음을 터뜨린다. 소년의 얼굴에선 제주의 심란한 공기가 느껴지지 않는다. 계란을 조수에게 건네준 홍성수는 미군들이 사용하는 알루미늄 양철 물통을 입으로 가져간다.

한차례의 모래바람이 지나간다. 남자는 트럭 타이어에 몸을 바짝 붙인다. 돌풍이 지나간 자리는 뿌연 생채기만 남는다. 조수가 헛기침을 해댄다.

"소금에 모래가 다 들어갑서. 아시과. 여긴 보름과 둘 빼면 암것도 아닌 섬이지 마씀."

홍성수가 머리에 묻은 흙먼지를 털면서 대답한다.

"삼다에서, 여자가 빠졌군요."

"아, 선생도……. 하지만 겐 말은 별로 듣고 싶지 안수다. 육짓것들 하는 것 보면 죄다 염장 지를 일 뿐이수꽈."

홍성수는 남자의 말을 들으면서 어둡고 습한 농업학교의 복도를 떠올린다. 사찰주임이 지내던 5층짜리 적산 건물이 생각난다. 술에 절은 경위 뒤에 불안한 듯 서 있던 소녀는 지금쯤 어떻게 되었을까?

"여기서 얼마나 더 가야 할까요?"

홍성수는 애써 화제를 돌리고 싶다. 섬 안에 갇혀 버린 사람들은 살아남기 위해 산이냐 해안이냐를 선택해야만 하는 운명에 빠져 있다. 앞에 서 있는 남자도 어린 조수도 마찬가지다. 맨발로 끌려 다니다 실종된 종일이도 제주에 탯줄을 묻은 섬사람의 운명을 짊어졌을 뿐이다.

"두 시간 정도멘 도착할 수 있을 거우다."

계란을 통째로 입으로 쑤셔 넣은 조수가 잰걸음으로 길가의 낮은 골로 내려간다. 다리를 어깨 넓이로 벌리고 앞섶을 풀어 제친다. 남자가 조수의 뒷모습을 바라보면서 말한다.

"지금이 오시(午時)니까 미시(未時)쯤엔 화북에 들어가 있을 거우다. 마음이 급한가 봅서."

"급하다기 보단 걱정이 되어서요."

"곤지동이라고 했수꽈? 그곳도 따지고 보멘 해안가 마을이니 큰일이야 일어나겜수꽈?"

"그렇겠죠?"

홍성수가 웃음 띤 얼굴로 답변한다.

남자가 소년에게 빨리빨리 하고 재촉한다. 운전석에 앉은 그는 홍성수의 심정을 이해한다는 듯 시동부터 걸어 둔다. 조수가 헐레벌떡 트럭으로 뛰어온다. 미안한 듯 머리를 긁적이는 조수에게 홍성수는 등을 두드려 준다. 소년이 조수석에 타고 홍성수가 뒤따라 트럭에 오른다. 차는 곧 둔탁한 엔진소리를 내며 움직이기 시작한다.

15

어둡고 우울했던 청명(淸明)이 무기력하게 지나간다. 비서부장이 김헌일을 찾아온 건 여름 초입에 들어선 것처럼 무덥던 5월 중순이다. 5.10선거를 앞두고 제주는 여전히 몸살을 앓았다. 선거등록사무소의 방화와 선거 요원들의 테러 뒤에 경찰과 경비대의 보복성 짙은 토벌이 반복되었다. 증오와 분노가 어디서부터 시작되었는지 이제 아무도 관심을 가지지 않았다. 폭력과 살인만이 문제를 해결할 수 있는 유일한 길처럼 느껴졌다.

하루가 멀다 하고 본토에서 응원 경찰과 군인들이 제주에 발을 들여놓았다. 무장대와 토벌대 사이에서 곤욕을 치렀던 중산간 지역 사람들까지 해안 마을로 들어오면서 제주읍은 그야말로 인산인해를 이루었고, 당연히 사람 사는 모양새도 어설프게 얹은 이엉처럼 불안하기만 했다.

군살이 붙은 새하얀 얼굴의 김헌일과 달리 비서부장은 구릿빛 피부에 스포츠머리, 군복을 입고 있다. 그가 어떻게 대위 계급장을 달게 되었는지 알 수 없지만 앞전에 봤던 모습보다 한결 여유로워 보인다. 김헌일의 몸 상태를 확인하던 그가 느닷없이 경찰학교에 대해 이야기를 꺼낸다. 도내에 경찰학교가 생겨서 단기

훈련만 받으면 곧바로 임관이 된다는 그의 말에는 은근히 형의 복수를 하지 않겠냐는 뜻이 담겨 있다.

"은혜르 원수로 갚은 새끼드르 잡아 혼을 내 주어야 하디 않겠음?"

비서부장의 텁텁한 목소리 끝에 힘이 들어간다. 하지만 김헌일은 오히려 그의 말이 거북스럽다. 럭키 스트라이크를 피우며 제법 장교 흉내를 내는 비서부장의 행동 또한 정이 가지 않는다. 형하고 친하게 지내던 사람이라지만, 형이 사업상의 이유가 아닌 그의 인간 됨됨이에 반해 가까워졌다고는 생각하기 싫다. 김헌일의 냉담한 반응에 비서부장의 얼굴이 굳어진다.

"종일이가 빨갱이들에게 납치르 당해소. 자네도 리렇게 맞지 않았지비……. 얼케 기렇케 냉담할 수가 있소?"

"하지만 경찰이 되고 싶은 마음은 없어요. 제가 경찰이 된다고 해서 형이 돌아오는 것도 아니지 않습니까?"

김헌일의 말이 끝나기도 전에 비서부장은 피우던 담배를 바닥에 거칠게 내동댕이친다.

"내가 말렸디만 기어코 가겠다고 고집으 피우던 종일이오. 그게 누구 때문이라고 생각하고 있소? 내레 3.8선 내려올 때 혼자였지비. 약방하던 아바이, 미국에서 의학 공부하고 돌아온 형님, 교회 집사로 지내던 형수님 모두 인민재판 받아 가지고 즉결 처분이 되지 않았겠소. 마침, 고모님 집에 다녀오던 나만 살아서……. 야산에 버려진 시신조차 수습 못하고 피눈물 흘려 가며

3.8선 넘을 때, 죽으 고비르 몇 차례 넘게 가지고 내려오면서 무슨 생각이래 했는디 아시오? 이 세상 빨갱이들은 씨르 말려 버리겠다고 다짐했지비. 씨르 말려 버리겠다고 말이오. 내가 끝까지 곤지동으로 가겠다는 종일으 잡지 못한 것도 가족으 위해서라는 말 때문이었소. 무슨 소린지 알아듣겠소?"

김헌일을 노려보는 비서부장의 눈길이 매섭다.

"형님 일에 분해하는 마음은 고맙게 받겠습니다. 하지만 당분간은 제주읍에 머물면서 어린 조카와 아내와 함께 지내고 싶습니다. 산사람들에 끌려가기 전에 형님이 제게 한 부탁도 있고, 또…… 어수선한 분위기가 잦아들면 형님을 다시 볼 수 있을지도 모르고……."

"아딕 분위기 파악이래 못하고 있구만? 기러케 한가한 생각할 때가 아니지비. 내가 왜 곤지동으로 내려갔다고 생각하고 있슴메?"

"……."

"종일이 곤지동으로 들어가기 뎐에 미리 부탁으 했던 거였소. 만일으 위해서 말이오. 기렇케 돼서, 폭도들에게 끌려갔다는 소식으 듣자마자 곧장 화북으로 달려갈 수 있었던 기고……. 곤지동에 최라는 자가 폭도들과 연관이 있다는 단서르 잡아 가디고 그 어마이르 잡아 먼저 취조르 했슴메. 다음에는 공회당에서 모인다는 늠드르……. 민애청에 가입했던 그늠들 중에 한 늠이 아무래도 심상치가 않아 끝까지 뒤를 캐지 않았겠소."

"문식이는 지금 어디에 있습니까? 제주 경찰청으로 압송된 뒤에 소식이 끊어졌다고 들었습니다."

"그늠에게 관심으 가지는 이유가 무엇이오?"

비서부장의 얼굴에 얄팍한 미소가 인다. 김헌일은 그의 미소가 무엇을 의미하는지 알 수가 없다. 다만, 난리가 나고부터 사람 목숨이 파리 목숨보다 못하다는 이야기만 생각날 뿐이다.

"민애청에 가입했던 려석들 중에 자네 리름도 있었지비. 모른 턱 눈감아 주는 것도 둏다고 생각으 했슴메. 자네 형님과도 그런 이야기르 했었던 덕이 있었지비……. 거기다 새로운 사실으 알아냈소. 방만식이라는 늠으 화북지서에서 빼간 사람이 자네라는 사실으 말이오."

김헌일은 자신을 대하는 비서부장의 행동이 강압적인 이유를 그제야 알 것 같다. 그는 비서부장의 입에서 방만식이라는 이름을 듣자마자 한쪽 가슴이 심하게 울렁거린다.

"만식이가…… 화북지서에 끌려갈 이유는 없었습니다. 그날 제가 사랑방 문을 박차고 나간 뒤에 형님과 무슨 얘길 나눴는진 모르겠지만요. 그리고 해방되고 나서 곤지동의 청년들이 자발적으로 인민위원회나 민애청에 가입했던 건 전혀 부끄러운 행동이 아니었소. 해안에 방치되어 있던 지뢰를 찾아 없애고, 안곤지동과 가운데곤지동 사이에 다리를 놓고, 공회당에서 아이들에게 한글을 가르치는 일 모두 민애청에서 했던 일입니다. 그런데 지금에 와서 그 사실이 곤지동 젊은이들의 발목을 잡는다는 게 이해되지 않아요. 민애청에 가입했던 마을 청년들이 왜 모두 폭도들이라고 생각하는 겁니까?"

비서부장은 말없이 자리에서 일어난다. 그의 검붉은 얼굴 뒤로 노을이 지고 있다.

"경찰과 그 가독들뿐 아니라 루익 단체의 애국지사드르 살해당하고 있슴메. 기관총과 듀류탄까지 터뜨리면서 관청과 지서, 민가에까지 공격으 하는 것이 폭도가 아니고 무엇이오? 거기다 며칠 뎐에 남로당의 세포 조직으로 활동으 하는 새끼르 잡았지비. 독한 늠이라 입을 여는 데 많은 시간이 필요했디만……. 그늠이 방만식이라는 늠도 알고 있었지비. 일본에서 로동자 생활으 할 때 안면을 익혔다고 했소. 한동안 후쿠오카의 조선인 시설에 있으면서 친분으 쌓았던 모양이오. 늠에게 끝까지 자백으 받아내지는 못했디만 방만식이가 남로당 빨갱이인 건 확실하디."

김헌일의 가슴이 또다시 울렁거린다. 비서부장은 작별 인사를 하듯 모자를 깊게 눌러쓴다.

"자네가 그 사실으 알고 있었다고 생각하디 않겠슴메. 하디만 그 증거를 나에게 보여야겠지비. 기럼, 몸조리 잘 하기요. 그리고 나의 말으 잘 새겨들으시오. 자네 형에 대한 나의 마지막 배려니까니."

병실 문이 열리자 소독약 냄새가 난다. 비서부장은 복도로 나서다 말고 다시 한 번 김헌일을 노려본다. 냉소적이면서도 강렬한 눈빛이다.

그가 나간 뒤 적막이 찾아온다. 김헌일은 병상에 누워 방만식과의 추억을 떠올린다. 누렇게 익은 호박의 속엣 것을 파내고, 파낸 자리를 송진으로 막으면 훌륭한 물놀이 기구가 되었다. 수영을 못하는 김헌일은 마을 아이들과 함께 바다에 나갈 수 없었다. 마을 아이들이 바다를 제집 드나들 듯하며 어울려 놀 때 김헌일은 홀로 본가 마루에 앉아 책을 읽거나 낮잠을 잤다. 아이들과 어울리지 못하는 김헌일의 손을 잡아 준 사람이 방만식이었다.

여름이 다가오면 그는 아버지 몰래 고팡에서 늙은 호박을 서리해 물놀이 기구를 만들어 주었다. 호박튜브를 가슴에 품고 바닷물에 뛰어드는 걸 김헌일은 좋아했다. 호박튜브만 있으면 곤지동 앞바다에 떠 있던 돌섬까지도 왕복할 수 있었다. 돌섬을 다녀올 수 있는 아이들은 방만식을 포함해 뼈대가 굵고 배짱이 두둑한 몇 명밖에 없었다. 그런 사실만으로도 김헌일은 가슴이 뿌듯해졌다.

천성이 순하고 사려 깊은 방만식이 변하기 시작한 건 언제부터였을까? 김헌일은 그가 남로당의 세포 조직으로 활동했다는 비서부장의 말을 믿지 않았다. 하지만 그날 비석거리 앞오름에서 봤던 방만식의 얼굴이 자꾸만 아른거리는 것은 어쩔 수 없는 일이다. 그는 길게 한숨을 내쉰 뒤 몸을 일으킨다. 한석희를 만나러 간 아내는 아직 돌아오지 않았다. 창밖 어둠 너머로 형의 모습이 아른거리는 것 같아 기분은 더욱 우울해진다.

16

두 번째 폭발은 구조작업이 시작된 지 1시간도 지나지 않아 일어났다. 갱내에 남아 있는 가스 때문에 산소통을 매고 들어가야 할 정도로 위험한 일이었지만 요시무라의 생각을 꺾을 순 없었다. 그에겐 매몰된 실종자를 찾는 일보단 구조대에 뽑힌 석호와 방만식이 갱도 아래의 실종자들과 함께 조용히 사라져 주기를 바라는 눈치였다. 불구덩이 속으로 산사람을 밀어 넣듯 요시무라의 얼굴엔 광기마저 일었다. 들어가서 사람을 구하라는 말이 너희들도 함께 들어가 죽으라는 말처럼 들렸다. 장년의 한국인 징용 노루바시가 걱정스러운 눈빛으로 석호와 방만식의 손을 움켜잡았다.

"삶과 죽음이 어찌 인간의 의지만으로 감당할 수 있겠습니까?"

석호가 옅은 미소를 지으며 대꾸했지만 노루바시의 두 눈엔 눈물이 글썽거린다. 그가 아니었다면 한인 징용자들은 지금보다 더 열악한 환경에서 생활해야만 했다. 샌님처럼 약하고 힘없는 약골이었지만 석호에게는 사람을 끄는 묘한 매력이 있었다. 그의 말을 듣다 보면 어느새 가슴 한쪽에서 뭉클하는 열정 같은 게 타올랐다. 살아서 고향으로 돌아가자는 그의 목소리가 귓가를 때릴 때마다 마음을 다잡을 수 있었다. 방만식 역시 마찬가지였다.

비가 내리기 시작한다. 방만식은 수수로 만든 막걸리 사발을 들이키며 안개에 휩싸인 삼각봉 부근을 올려다본다. 싸늘한 날씨 때문인지 그의 손에 들려 있는 금속성 흉기가 평소보다 차갑게 느껴진다. 무너진 갱도 너머의 공간에 공기를 주입하기 위해 드릴작업을 하던 중 불꽃이 일면서 두 번째 폭발이 일어났다. 피할 사이도 없이 석호와 방만식, 제갈, 고유수를 비롯해 구조대 사람들이 또다시 매몰되었다. 천운인지 석호와 방만식은 갱내의 지지목이 무너지지 않아 죽음을 면할 수 있었다. 하지만 고유수가 있던 자리는 석탄더미로 가득했다. 제갈은 허리 아래가 통나무에 깔리면서 고통스러운 신음소리를 터뜨렸다. 반나절이 지난 뒤에야 정신을 차린 방만식은 옆에서 들려오는 석호의 거친 숨소리에 안도의 한숨을 내쉰다.

"살아있주?"

"그런데 제갈이 더 이상 말을 하지 않아?"

"제갈?"

"간드레(hand lamp)는?"

"안쪽에……. 손이 닿지 않아 꺼낼 수가 없네."

방만식은 그제야 자신의 머리가 찢어진 걸 알았다. 낙석에 맞아 쓰러져 있는 동안 석호가 자신의 옷을 찢어 머리를 감싸 준 것까지. 방만식은 손가락과 발가락을 움츠리다 펴기를 반복한다. 다행히 머리 외엔 부상이 없는 걸 확인할 수 있다. 뒤통수에서 흘러내린 피가 말라붙었는지 왼쪽 머리카락이 빽빽하다. 몸을 조심스럽게 일으킨다. 목이 말랐지만 수통 속의 물은 아껴야 했다.

"하리(관목, 천정에 대는 갱목)가 우릴 살렸어."

"다른 친구들은?"

잠시 침묵을 지키던 석호가 대답한다.

"유수와 앞쪽에 있던 사람들은 모두 매몰됐네."

방만식은 손을 더듬거리며 앞쪽으로 기어간다. 그러나 한 치 앞을 분간할 수 없는 암흑 속에서 만식은 더 이상 전진할 수가 없다. 갱목과 무너진 토사로 막혀 있기 때문이다. 팔등이 들어갈 정도의 작은 구멍에 대고 만식은 제갈의 이름을 부른다. 하지만 아무런 인기척이 없다.

"우리도 곧 따라가겠지."

침울한 목소리로 석호가 내뱉는다.

"그런 말 하지 맙써. 반대쪽으로 갠노(망치)질 하멘 금방 길을 뚫을 수 있을 거우다."

"이번엔 구조대를 보내지 않을 거야. 모든 게 요시무라가 바라던 대로 되었으니까."

"중이(쥐) 같은 새끼. 꼭 살아서 복수할 거우다."

하지만 시간이 지날수록 숨쉬기가 힘들어진다. 이산화탄소의 농도가 높아지면서 머리가 어지럽고 숨이 턱 아래까지 차오른다.

석호는 포기한 듯 통나무 기둥에 기대어 죽음을 기다린다. 방만식은 정과 망치로 무너진 갱도에 구멍을 뚫기 위해 계속해서 망치질을 한다.

"내가 왜 여기까지 왔는지 궁금하다고 했지?"

석호가 숨을 헐떡이며 말한다. 방만식도 금세 기운이 떨어지는지 맥없이 주저앉는다.

"왜놈 여자를 좋아했지. 그것도 유부녀를 말야."

"겐 말 하지 맙써. 듣고 싶지 않쿠다."

"아니. 들어야만 해. 내가 어떤 인간이라는 걸 알아야 하니까……."

"겐다고 달라지는 게 있수과? 나한테 석호는 좋은 사람이주. 그걸로 된 거우다."

"내 자신에게 벌을 주고 싶었어. 그래서 선택한 방법이었지. 크크크……. 어쩌면 이곳에서 죽고 싶었는지도 몰라."

어둠 속이지만 그의 표정을 읽을 수 있다. 방만식은 그런 석호의 말이 오히려 가슴에 와 닿는다.

"석호는 충분히 존경받을 만하우다."

"난 그런 말을 들을 자격이 없네."

"암시나? 모두들 나와 같은 생각이주."

잠시 침묵이 흐른 뒤 석호가 다시 입을 연다.

"그동안 고마웠네. 자네가 아니었으면 난 벌써 포기했을 거야."

"아니우다. 나야 말로 석호가 고맙주."

방만식은 수통에 든 물을 마지막으로 마신다. 나머지 반은 석호에게 건네준다. 죽음이 문턱까지 다가오자 오히려 마음이 편안해진다. 산소통의 공기도 바닥난 지 오래다. '다음 생애에선 모두들 행복한 모습으로 만났으면 좋겠어' 석호가 덤덤하게 말한다. '그럴 수만 있다멘…….' 방만식이 대꾸한다. 갱도 안의 공기가 점점 더 줄어드는지 정신이 혼미해진다. 그때 희미해져 가는 의식 속에서 어떤 소리가 들려온다. 쿵쿵쿵……. 환청일까? 하지만 소리는 점점 더 커진다. 방만식이 기대고 선 흑탄더미 옆으로 구멍이 뚫리면서 카바이드 불빛과 함께 장년의 노루바시 목소리가 터져 나온다.

"여기 생존자가 있다! 사람이 있어!"

탄광병원에 입원해 있는 동안 생존자가 두 사람뿐이라는 걸 깨닫는다. 석호는 자신의 집 주소를 주문 외우듯 반복하던 제갈의 목소리가 환청처럼 들려왔다.

"이젠 아픈지도 모르쿠다. 석호야, 살아 있으멘 나 대신 안부 전해 줍서. 제주 안덕면 동광리…… 제갈 성을 가진 집은 몇 군데 없으멍 찾기 쉬울 거우다. 제주 안덕면 동광리……. 우리 어멍이 기달릴 낀데…… 장가도 가고 싶었주……. 안덕면 동광리…… 잊어버리지 맙써……."

제갈의 목소리가 들릴 때마다 석호는 주먹을 쥐었다. 왜 우리는 당하고만 살아야 하는가. 뒤이어 요시무라의 비열한 얼굴이 떠올랐고 석호는 분노를 넘어 복수심이 일었다. 일본인 간호사가 혈압을 재고 돌아간 뒤 옆자리에 누워 있는 방만식에게 그는 말한다.

“내일 밤 요시무라의 목을 따러 가자.”

“하멍 우리도 무사허지 못할 거우다.”

“그래도 난 해야겠네.”

“유수와 제갈 때문이주?”

“한인 노루바시의 말을 듣지 못했나? 요시무라는 처음부터 그럴 계획이었어. 두 번째 폭발이 일어난 직후에 녀석은 구조 포기를 선언했지. 한인 노루바시가 동포들과 함께 내려와 구조작업을 하지 않았다면 우리 역시 유수와 제갈의 뒤를 따라갔을 거야……. 요시무라…… 그 녀석은 3개월 전에 있었던 파업주동자 모두를 갱도에 묻어 버릴 생각을 하고 있었어. 탄광감독국엔 사고사로 올리면 그뿐이니까……. 절대로 용서할 수 없어.”

석호는 이튿날 새벽 병실을 빠져나와 요시무라가 묵고 있는 접견실 겸 침실로 숨어들었다. 다코베야의 감시초소와 창고, 매점을 겸한 조바(경리)실을 지나 10여 미터 거리에 요시무라가 기거하는 침실이 있었다. 석호는 병원에서 훔친 수술용 칼을 손에 들고 현관으로 걸어갔다. 초소 위에서 불침번을 서던 일본인 관리자도 잠이 들었는지 보이지 않았다. 다행히 안개까지 자욱하게 끼어 시야를 가려 주었다. 문이 잠겨 있었지만 방만식이 문틈으로 장도리를 끼워 간단하게 잠금장치를 부숴버렸다.

요시무라는 코를 골면서 대자로 뻗어 자고 있었다. 가까이 다가가자 청주냄새가 진동을 했다. 만식은 주저하지 않고 그의 코와 입을 손으로 막았다. 동시에 석호가 수술용 칼로 요시무라의 목을 깊숙이 그었다. 동맥이 끊어졌는지 목에서 검붉은 피가 솟구쳐 올랐다. 요시무라는 비명조차 지르지 못한 채 몇 차례 몸을 부르르 떨더니 죽어 버렸다. 석호는 늘어진 요시무라의 시신 앞에서 제갈과 고유수의 죽음을 애도한 뒤 '저승에서 그들을 만나거든 용서부터 빌어라.'라고 혼잣말을 했다. 그다음 여기저기 피가 묻은 환자복을 벗고 요시무라의 옷장에서 꺼낸 외출복으로 갈아입었다. 책상과 호주머니를 뒤져 현금도 챙겼다.

"이 정도 돈이면 당분간 숨어 지낼 수 있겠어. 경찰서를 우회해 도심으로 들어가자. 사람들 속에 섞여 있으면 쉽게 발각되지 않을 거야."

방만식과 석호는 그날 새벽 탄광을 탈출해 하카다 항으로 도망을 쳤다. 항구를 선택한 이유는 기회가 되면 언제든 한국으로 밀항할 계획을 세우기 위해서였다. 하지만 한 달도 지나지 않아 일본은 패망했다.

방만식은 그때 일을 떠올리며 한숨을 내쉰다. 석호의 말이 틀린 적은 없었주. 만식은 그가 건네준 14식 권총을 내려다보며 마음을 다잡는다.

17

곤지동 초입에 들어서면 수령이 300년에 가까운 소나무가 버티고 서있다. 바람을 맞아 제주까지 유배 온 허흡이라는 사람이 자신의 절개를 보여 주기 위해 심었다는 전설이 깃든 나무다. 나뭇가지를 옆으로 길게 늘어뜨린 소나무는 바다를 끼고 있는 곤지동을 운치 있게 만든다. 이곳에서 1리쯤 들어가면 비석거리 앞 오름이다. 옛 제주성과 가장 가까운 포구에 위치해 있어 제주목사나 판관의 치적을 기리는 비석이 이곳에 나란히 세워지게 되었다. 세월의 흐름만큼이나 이끼가 끼고 마모가 된 열 세 개의 비석 앞을 지나치면서 홍성수는 기분이 착잡해진다. 김종일이 맨발인 채 사람들에게 끌려가던 모습이 생생하게 떠올랐기 때문이다. 김헌일의 말을 빌리자면 이곳에서 그는 방만식이라는 사내를 만났을 것이다.

운전을 하던 남자가 브레이크를 밟으며 홍성수를 바라본다. 트럭 옆으로 불에 타 뼈대만 남은 김종일의 자동차가 흉측한 시체처럼 방치되어 있다.

"혹, 이곳에서도 난리가 있었수꽈?"

불 탄 자동차를 바라보던 남자가 홍성수에게 묻는다. 이제껏 졸음에 빠져 있던 조수가 남자의 긴장된 목소리에 실눈을 뜨고 창밖을 바라본다. 남자의 불안한 눈빛을 마주보며 홍성수가 입을 연다.

“제 친구 찹니다. 그날 사람들에게 끌려간 뒤 행방불명이 되었어요.”

홍성수의 이야기를 듣는 남자의 안색이 변한다. 그는 시동을 끄고 나서 홍성수에게 다시 질문을 던진다.

“마을 사람들 짓인 갑서게. 산사람들이 여기까지 내려올 리 업젠……”

남자의 질문에 홍성수는 고개를 좌우로 흔든다.

“그 사람들이 산에서 왔는지 알 수 없습니다만 마을 사람들은 아니었소.”

하지만 남자의 시선은 곱지가 않다. 마치 곤지동을 빨갱이 마을이라고 단정해 버리려는 것처럼. 남자의 표정을 살피던 홍성수가 지갑에서 100원짜리 다섯 장을 꺼내 건넨다.

“고마웠습니다.”

“여기서 내릴 거우꽈? 겐찮으시멘…….”

차 문을 여는 홍성수에게 남자가 말을 잇는다.

“화북에서 반나절 정도는 기다릴 수 있수다. 그 여자분하고 제주읍으로 들어갈 마음이 있으시다멘.”

조수가 남자의 옆구리를 팔등으로 슬며시 누른다. 남자는 아랑곳하지 않고 홍성수의 입이 떨어지기를 기다린다.

“폭도들이 나타났다면 이 마을 사람들 중에 분명 연관된 이가 있을 거우다. 또다시 그들이 나타나지 말란 법도 업젠……. 성내라면 그래도 제주에선 가장 안전한 곳 아니우꽈."

홍성수는 남자에게 미소를 짓는다. 마음 여린 권유순이 생계를 책임지지 못할 만큼 몸이 불편한 시부모를 버리고 자신을 따라나설 리 만무했기 때문이다.

"말씀은 고맙지만……. 제주읍으로 들어가는 차편은 어떻게든 제가 구해 보겠습니다."

남자는 홍성수의 말에 어쩔 수 없다는 듯 고개를 끄덕인다. 홍성수는 남자에게 한 번 더 눈인사를 건넨 뒤 뛰다시피 차에서 내린다. 조수가 홍성수의 뒤를 따라 내리며 인사를 한다.

"삼춘은 정말 좋은 사람 같주."

홍성수는 대답 대신 조수의 짧게 깎은 머리를 쓰다듬는다.

곤지동에서 바라보는 화북봉은 조그만 동산 같다. 화북봉과 이어진 연디동산에서 쓰러진 김헌일을 지게에 지고 내려왔다. 그러면서 얼마나 많은 눈물을 흘렸던가. 홍성수는 길게 한숨을 내쉬며 걷는다. 구멍이 뚫린 현무암의 검은색이 바다의 짙은 녹색과 대조를 이루고 있다. 그 사이 완충 역할을 하는 모래톱이며 노란 꽃잎과 푸른 잎줄기가 두드러진 유채, 억새와 함께 바람에 휘돌고 있다. 바다 냄새가 밀려와 홍성수의 콧속을 후빈다. 자신을 다잡아 두었던, 두껍게 깔린 먹구름 아래 곤지동의 아름다운 전경들이다. 비석거리에서부터 갈라져 나온 화북천은 메말라 있다. 논다랑이 옆을 지나쳐 가는 홍성수의 시야에 밀려오는 파도의 새하얀 포말이 일렁인다.

동곤지동과 가운데곤지동을 잇는 다리를 건넌다. 홍성수가 생각했던 것보다 곤지동은 평온해 보인다. 비서부장이 내려와 마을을 분탕질치고 돌아갔다는 사실이 무색할 정도다. 돌담 사이의 골목을 걷던 홍성수는 먼저 김종일의 본가로 걸음을 옮긴다. 마을에서 유일하게 기와를 얹은 집으로, 인적이 끊긴 마당에는 벌써부터 잡풀이 자라기 시작한다. 홍성수는 마당 중앙에 서서 주위를 두리번거린다. 문지방을 넘어오는 바람소리만이 황량한 집 안을 맴돌 뿐이다.

바다 위로 올라온 권유순은 길게 숨비소리를 내뱉는다. 잠녀 생활이 몸에 밴 그녀지만 물질을 서너 차례 하고 나면 몸 안의 기운이 쇠하기 마련이다. 그녀는 통눈을 벗으며 하늘을 올려다본다. 빗방울이 조금씩 떨어지고 있다. 박으로 만든 테왁과 연결된 망사리에 빗창으로 딴 전복을 담는다. 파도가 제법 높게 울렁거린다. 시차를 두고 물질을 하던 상군 해녀인 고씨 어멍이 휘파람 소리를 내며 공기를 들이마신다.

"하늘이 왁왁하우다."

그녀는 테왁에 딸린 망사리를 툭툭 치며 주위를 둘러본다. 안곤지동에 사는 금순 어멍과 무자맥질을 잘해 애기상군이라고 불리는 김 노인의 손녀딸 성란이 보이지 않는다. 고씨 어멍은 물때를 살피며 권유순에게 말한다.

"이제 그만합서. 물길이 바뀌이우다."

고씨 어멍은 굵어지는 빗줄기 보단 썰물에서 밀물로 옮아가는 물길이 걱정이다. 바닷물의 흐름이 바뀌기 전에 정리를 하고 뭍으로 올라가야한다. 권유순은 고개를 끄덕이며 테왁을 가슴에 품는다.

고씨 어멍의 남편은 해방을 한 달여 앞두고 안타깝게 목숨을 잃었다. 한림항의 군기고에서 일용직 노동자로 일하던 그녀의 남편은 미군의 소이탄 공습이 있던 날 밤, 군기고 인근 민가에서 잠을 자다 참변을 당했다. 군기고 안에 있던 폭탄이 터지는 바람에 사상자가 230여 명이나 되었다. 일본에서 유학하고 돌아온 외아들 김명호가 아니었다면 그녀는 남편을 잃은 상실감에서 벗어나지 못했을 것이다.

자맥질에서 나온 금순 어멍, 성란과 함께 용암석 근처 뭍으로 헤엄쳐 가면서 고씨 어멍이 노랫가락을 뽑는다. 뒤이어 금순 어멍이 따라 목을 놓는다. 눅눅한 날씨 때문인지 두 여인네의 목소리가 여간 구슬프지 않다.

이여싸나 이여싸나
너른바당 앞을 재연
혼질두질 들어가난
저승길이 왓닥갓닥
이여도사나 이여도사나

고씨 어멍이 먼저 테왁을 옆구리에 끼고 전복으로 묵직해진 망사리를 어깨에 두른 채 뭍으로 올라간다. 파도가 칠 때마다 해안을 둘러싼 현무암은 흑단처럼 번들거린다. 파이프오르간처럼 육각형의 화산석으로 이루어진 주상절리柱狀節理는 금방이라도 바다 속으로 허물어질 듯 위태로운 모습이다. 물에 불린 손으로 권유순은 조와 보리에 고구마를 섞은 주먹밥을 가망이에서 꺼낸다. 뒤늦게 뭍으로 올라온 성란이 권유순의 손에 들려 있던 주먹밥을 덥석 챙긴다. 자맥질 전에는 포만감이 들 정도로 식사하는 법이 없기 때문에 몇 시간씩 물질을 하고 난 뒤엔 곡기가 그리워지기 마련이다. 허겁지겁 주먹밥을 입으로 가져가는 성란을 보며 금순 어멍이 소리친다.

"제집아이, 고끌라 천천히 먹으멍."

"목이 막혀도 제가 막히주. 금순 어멍도 먹소."

"고년 말이나 못하문."

고씨 어멍은 권유순에게 조용히 적삼을 건넨다.

"아직 바다가 실렵다. 뜻뜻하게 입고……. 홀몸도 아니멘서."

"올핸 물 밭이 풍년이에요."

적삼을 받아 들며 권유순이 대꾸한다. 고씨 어멍은 그런 권유순의 모습이 측은하다. 신혼의 단맛도 느낄 사이 없이 사지로 서방 보내고, 이제는 풍으로 몸을 가누지 못하는 시아버지 대신 농사에 살림까지 모두 권유순의 어깨에 달려 있었다. 마음 같아선

후살이라도 보냈으면 하는 심정이다.

"시아방 시어멍 땜시 네가 고생이주."

"시어멍이 안살림을 도와주세요. 요즘 고달치 않은 사람 있나요."

권유순의 말하는 폼이 고씨 어멍은 대견스럽다. 착하디착한 것이 무슨 업보를 타고났는지 모를 일이다.

"유순이가 요망져서 다행이주. 네시 어멍 복인 갑서."

빗방울이 제법 흩뿌리기 시작한다. 성란이 입안 가득 주먹밥을 쑤셔 넣고 망사리를 어깨에 다시 둘러멘다. 아무래도 쉽게 그칠 비가 아니다. 자갈이 깔린 해안을 따라 총총 걸음으로 앞서던 성란이 멈칫한다. 금순 어멍이 성란의 등 뒤에서 머리를 기웃거린다.

"저기……. 서울서 온 성수 삼촌 아니수꽈?"

성란의 말에 권유순의 시선이 억새 사이에 서 있는 남자로 향한다. 양손을 바지 주머니에 넣고 엉거주춤 서 있던 남자가 이쪽을 건너다본다. 중키에 피부가 하얀 사내는 분명 홍성수다. 성란이 손을 흔들면서 외친다.

"성수 삼춘! 성수 삼춘! 나 성란이요."

"제주읍서 언제 와시냐."

무슨 낌새를 챘는지 고씨 어멍이 귓불까지 벌게진 권유순과 홍성수를 번갈아 바라보며 혼잣말처럼 내뱉는다.

18

김헌일이 퇴원하던 날 제주 하늘은 짙은 먹구름으로 가득했다. 바다 끝 수평선 위로 시커멓게 몰려드는 구름이 제주의 불길한 운명을 예견하는 것 같다. 내색하진 않았지만 그동안 인선의 힘들어하는 표정을 보면서 그는 늘 마음이 불편했다.

도립병원 근처에 얻은 집은 열두 자 크기의 다다미방에 작은 부엌이 딸려 있었다. 일본인 선주가 살았다는 2층짜리 목조주택으로 지금은 칠성로 부근에서 약방을 하는 이가 주인이라고 했다. 남향인 데다 창이 난 쪽으로 정원이 바라보여 아직 통원치료를 해야 하는 김헌일에겐 더없이 좋은 환경이다. 도립병원까지 도보로 15분 거리밖에 떨어지지 않는 것도 아내가 이곳에 방을 구한 이유다. 곤지동에서 급히 나오느라 이불과 옷가지 몇 벌이 전부였는데 어디서 구했는지 살림살이가 제법 갖추어져 있었다.

성진을 둘러업은 아내가 점심상을 내온다. 밥상을 두고 마주 앉은 인선의 얼굴에서 김헌일은 그동안 보지 못한 그늘을 읽는다. 눈 주위의 잔주름과 핼쑥한 뺨이 아내가 겪어야 했을 생활고를 짐작할 수 있다. 김헌일은 침울한 표정으로 인선이 내온 반지기에 숟가락을 가져간다.

"읍내 생활은 어떻소?"

김헌일이 조심스럽게 묻는다. 홍성수가 병원비를 대신 정산했다는 소리도 그렇고 곤지동에서 가지고 나온 돈이라야 뻔한 액

수였다. 이제야 주위를 둘러볼 여유가 생긴 것이다. 옹알이를 하는 성진을 품에 안고 달래는 모양새가 친모처럼 다정하다. 창백한 인선의 얼굴에 잠시 미소가 지나간다.

"동세가 성진이 분유값 명목으로 생활비를 보내 오우다."

"형수가?"

인선의 표정을 살피던 김헌일은 수저를 내려놓으며 길게 한숨을 내쉰다. 듣지 않아도 알 수 있는 일이다. 그나마 잡곡에 쌀이 섞인 반지기를 먹을 수 있는 것도 한석희가 다방에서 웃음을 판 덕분일 테니까. 식욕이 가신 김헌일은 상을 밀쳐 내며 다시 한숨을 내쉰다. 성진을 아랫목에 눕히고 돌아앉은 인선이 김헌일을 넌지시 바라본다.

"왜 수저를 들다 마씀?"

"입맛이 없구려……. 그럼 숙식도 다방에서 한단 말이요?"

인선은 큰 잘못이라도 지은 양 시선을 바닥으로 떨어뜨린 채 고개를 끄덕인다.

"동세가 거센 소나이 속에서 생활하는 게 마음에 걸림수다게. 시아주방 볼 면목도 없구……. 곤지동으로 들어갈 처지가 아니라면 당신이 나서야 하지 않겠수꽈."

거기다 한 달 이상 통원치료를 받으려면 생활비와 치료비가 필요했다. 형수를 계속 다방에 두는 일도 용납할 수가 없다.

"형님이 살던 곳은 어떤지 모르겠소."

"동세가 가끔 가는 갑서……"

김헌일은 고개를 끄덕이며 잠든 성진을 내려다본다. 콧방울이며 눈이 종일이 형을 빼다 박았다.

"그때 비서부장이라는 사람이 와서 한 말은 얼케 하시카? 전 그 사람 볼 때마다 숨이 막히우다."

인선이 말한다.

"그치들은 신경 쓸 필요 없소. 그보단 곤지동으로 들어간 홍형이 걱정이오. 사태가 악화되기 전에 경성으로 올라갔으면 좋으련만."

"경 심각하우꽈?"

인선이 걱정스러운 표정으로 묻는다.

"병원에 입원해 있는 동안 많은 걸 보고 들었소. 이대로 가다간 많은 사람이 죽어 나갈 판이요."

"그럼, 곤지동에는 영영 들어가지 못한단 말이우꽈?"

"형님 말을 믿읍시다. 사람들 속에 묻혀 있는 게 안전할 거란 생각이오. 힘들더라도 당분간 성내에서 살아갈 방도를 마련해야겠소."

김헌일이 인선의 손등을 쥐며 말한다. 인선이 손을 빼내려 하지만 김헌일은 오히려 그녀의 손을 잡아끈다. 귓불까지 발개진 인선이 김헌일의 가슴에 안긴다.

"만식이나 최는 잊어버리고 형님이 무사히 돌아오기만 기도합시다……. 세상이 잠잠해지면 형님 내외와 함께 성진이 커 가는 모습을 낙으로 살아요."

김헌일은 병원에서 겪었던 수많은 고뇌의 시간을 떠올린다. 형에 대한 죄책감과 만식이와 마을 청년인 최기호에 대한 섭섭함, 서로를 증오하게 만드는 세상에 대한 절망감을 떨치기 위한 인고의 시간이었다. 모든 것을 용서하고 잊어버리자. 그가 생각해 낸 유일한 해결방법이었다.

"정말 예전처럼 살 수 있수과?"

인선이 다시 묻는다. 김헌일은 대답 대신 아내를 꼭 껴안는다.

5.10 제헌국회의원 선거의 당위성을 알리는 벽보며 플래카드가 거리 곳곳을 분장질한다. 원정로를 걷는 동안 김헌일을 놀라게 한 건 사람들의 얼굴이다. 눈빛에 이는 살기며 굳은 표정이 먹잇감을 앞에 둔 육식동물의 그것과 다름없어 보인다. 그는 짐짓 두려움이 앞선다. 그날 횃불과 죽창을 들고 마당을 들어서던 산사람들이나 경찰이 되라고 윽박지르던 비서부장이 생각나는 것도 그 때문이다. 하늘에서 가는 빗방울이 떨어진다. 김헌일은 한석희가 있는 다방 앞에서 잠시 멈춰 선다. 화려한 네온사인 아래로 마카오 신사라 불리는 양복과 미군 군복을 입은 사내들이 들락거린다. 김헌일은 가슴 근처가 뻐근하게 저려 온다. 차마 안으로 들어갈 염치가 나지 않는다. 그는 어두운 표정으로 다시 걸음을 옮긴다.

김종일이 운영하던 동양물산은 제주 경찰서와 도청, 관덕정이 모여 있는 원정로 서쪽의 적산 가옥 3층에 있었다. 차례를 지내고 돌아가면서 김종일은 김헌일에게 회사의 위치를 알려주었다. 성내로 들어올 일 있으면 꼭 들렀다 가라는 말도 덧붙였다. 방만식의 일로 앙금이 남아 있던 시기라 김헌일은 대꾸 한마디 하지 않았다. 가랑비처럼 흩뿌리는 빗줄기를 맞으며 김헌일은 적산가옥의 현관으로 들어선다. 머리에 묻은 물기를 털고 옷매무새를 살핀 뒤 계단을 오른다.

동양물산이라는 푯말 앞에 서서 노크를 한다. 20대 중반으로 보이는 여자가 문을 연다. 머리를 단정하게 묶은 여자에게 '김종일 사장이 저의 형님입니다'라고 말한다. 여자가 황급히 고개를 숙이며 인사를 건넨다.

사무실에는 두 명의 남자가 앉아 있다. 두 사람 모두 말쑥한 양복 차림이다. 안쪽 책상에 앉아 있던 남자가 여자와 몇 마디 이야기를 나눈 뒤에 다가온다. 포마드 기름을 바른 머리가 백열등 불빛에 번들거린다. 그는 김헌일에게 묵념하듯이 고개를 숙인다.

"사장님 방으로 들어가시죠."

공손하게 말하는 남자의 목소리 뒤로 남한 단독선거 결과를 알리는 가두방송이 이어진다. '우리 모두 대한민국정부수립을 환영합시다! 자유민주주의를 쟁취합시다!'라는 마이크 소리가 울린다. 창가 쪽 책상에 앉아 있던 남자가 미닫이로 된 창문을 닫는다.

"고영두라고 합니다. 예전에 곤지동에서 몇 번 뵌 적이 있었는데 기억이 나실지……."

가죽소파에 앉아마자 남자가 명함을 내민다. 그러고 보니 남자의 얼굴이 눈에 익다. 작년 구정에도 가운데곤지동에 있는 본가 마당에서 잠시 이야기를 나눈 적이 있었다. 김헌일은 텅 빈 원목 책상으로 눈길을 돌린다.

"저기가 사장님 자립니다."

그의 말에 김헌일은 울렁증이 생긴다. 여자가 녹차 두 잔을 내려놓고 나간다.

"사장님이 실종되시고 나서 많은 일들이 있었습니다. 말하기 좀 그렇습니다만, 저희 회사에서 하는 일이라는 게 간판만 달았다 뿐이지 밀수품을 취급하는 창고지기나 마찬가집니다. 그동안 수완 좋은 사장님이 군정이나 경찰들 비호 아래 돈을 모으긴 했습니다만."

고영두가 주머니에서 담배를 꺼낸다. 그는 라이터로 불을 붙이고 나서 길게 담배 연기를 내뿜는다.

"이 세계엔 상도라든가 의리 같은 게 없어요. 사장님 실종되시고 얼마 지나지 않아 감찰청 사람과 재산 관리관이라는 미군 대위가 와서 장부일체를 가져가 버렸습니다. 모두 사장님과 호형호제하며 지내던 사람들입니다. 여기 사무실도 다음 달까지 비워 달라는 통지가 날아와서 알아보는 중입니다."

"회사가 없어진다는 말씀입니까?"

김헌일이 엉거주춤 묻는다. 남자는 착잡한 표정으로 고개를 끄덕인다.

"큰돈이 오가는 곳이다 보니 그만큼 경쟁이 치열합니다. 먼저 치고 들어가서 선점하는 업체가 최곱니다. 밀수품이라는 게 거의 일본에서 들여온 생필품이나 미군에서 나오는 구호품들인데, 높은 마진으로 유통시키거나 육지에 되팔 수 있으니까요. 사장님이 갑자기 실종되시면서 전부터 눈독을 들이던 이들이 다시 줄을 대기 시작한 모양입니다."

담배 연기를 내뿜으면서 고영두가 말을 잇는다.

"하긴, 이쯤에서 정리하는 것도 나쁘진 않을 겁니다. 여기 돌아가는 분위기도 심상치 않고……. 전 사무실이 정리되는 대로 일본으로 뜰 생각입니다."

말을 마친 고영두는 자리에서 일어나 책상 옆으로 걸어간다. 책장 옆에 있는 철제 캐비닛에서 달러 뭉치를 꺼내 와 김헌일에게 내민다.

"그렇지 않아도 한 번 찾아 뵐 생각이었습니다. 이걸 전해 드려야 할 것 같아서……."

김헌일은 고영두가 내미는 달러 뭉치를 내려다보며 묻는다.

"이게 뭡니까?"

"보시는 대롭니다. 사장님은 은행과 거래하는 대신 달러를 모으고 계셨습니다."

고영두의 말에 김헌일은 다시 울렁증이 도진다. 둥글게 말린 10달러짜리 지폐는 고무 밴드로 단단하게 고정되어 있다. 형은

저 돈을 가지고 일본으로 밀항할 생각을 했단 말인가?

"돈을 전해 주지 못할까 봐 조마조마했었습니다. 사실, 사장님이 화북으로 떠나시기 전에 제게 부탁을 한 겁니다. 무슨 일이 생기면 캐비닛 안에 있는 돈을 동생인 헌일 씨에게 전해 달라고 말입니다. 스쳐 가는 말이어서 건성으로 대답을 했었는데……. 이제야 마음을 놓을 수 있겠습니다."

김헌일은 고영두라는 사내의 말을 들으면서 안곤지동에서 봤던 형의 마지막 모습을 떠올린다. 작은 방에서 옛 추억을 떠올리며 이야기를 주고받던 형의 모습이 눈앞에 아른거린다. 왜 그날 좀 더 다정스럽게 형을 대하지 못했는지 안타까움만 밀려온다. 테이블 위에 놓여 있는 달러 뭉치를 보면서 김헌일은 길게 한숨을 내쉰다. 고영두가 김헌일의 표정을 살피며 다시 입을 연다.

"식산은행에서 달러를 환전할 수 있습니다. 한몫에 환전하기보단 필요할 때마다 조금씩 환전해서 사용하시는 게 좋을 겁니다. 요즘엔 주의를 끌어봐야 득 될 것이 없으니."

하지만 김헌일은 돈을 집어 들 용기가 나지 않는다. 고영두가 미소를 지으며 직접 달러 뭉치를 김헌일에게 건넨다.

"이번 사태는 쉽게 끝나지 않을 겁니다. 5.10선거가 제주에서만 보이콧 된 이후로 육지서 들어오는 소식도 별 달갑진 않구요. 여길 남로당 소굴 정도로 알고 있더군요. 서청 녀석들은 제주를 모스크바라고 부른답니다. 크레이그혼가 뭔가 하는 미군 구축함이 제주 앞바다를 봉쇄하고 다닌다는 소문도 있고."

"해안까지 봉쇄하고 있단 말입니까?"

"조만간 큰 사건이 터질 거란 소문이에요. 사장님도 이런 분위기 탓인지 달러를 고집하셨습니다. 저와 일본으로 밀항할 구체적인 계획까지 세우면서……."

고영두는 담배를 재떨이에 짓눌러 끄며 얼굴을 김헌일 가까이 들이댄다.

"일본에서도 달러만 있으면 뭐든 새롭게 시작할 수 있습니다……. 저와 같이 일본에 갈 생각이 있으시다면 연락 주세요. 이미 배도 섭외를 해놓았으니까요. 베테랑에 속하는 바닷사람입니다. 물길도 잘 알고 제주항 근처의 모리배들과도 연줄이 있는 잡니다."

평소의 김헌일이라면 고영두에게 화를 냈을 것이다. 고향을 등지고 밀항을, 그것도 왜놈 나라로 도망칠 생각이나 하다니, 라고. 하지만 김헌일은 대신 귀가 솔깃거린다. 아내와 성진, 한석희 때문이다. 형을 사지로 내몰았다는 죄책감만큼이나 성진을 탈 없이 키워야 한다는 의무감이 그의 가슴을 옥죄고 있었다. 다방에서 거친 사내들에게 웃음을 팔아야하는 한석희는 또 어떤가? 무기력한 자신의 처지를 생각하면 차라리 일본에서 새로운 삶을 시작하는 것도 괜찮을 거란 생각이 든다.

"그게…… 언젭니까?"

고영두의 얼굴에 온화한 미소가 번진다.

"늦어도 다음 달 중순까지는 준비를 하셔야 합니다."

김헌일은 고영두를 바라보며 고개를 끄덕인다.

19

오후 무렵부터 내리기 시작한 빗줄기는 시간이 지날수록 굵어지고 있었다. 김종일은 관음사 부근의 토굴에서 여섯 명의 청년들과 함께 생활하고 있었다. 무장대와 달리 지원부대에 속한 그들은 주로 땔감을 모으거나 숯을 만들고 산 아래 마을을 오르내리며 식량 조달을 도맡아 했다. 김종일도 그들과 함께 나무를 하거나 약초를 캐며 시간을 보냈다. 오늘은 모두 중산간 마을로 내려가 김종일 혼자 토굴을 지키고 있었다. 특별한 명령이 없는 한 김종일은 근방 1킬로미터 밖으로 나가지 못했다.

김종일은 토굴 입구에 앉아 직접 캔 칡뿌리를 베어 문다. 산속 생활을 이어오면서 15킬로그램이나 몸무게가 줄었다. 그만큼 먹는 게 시원찮았다. 마실 물도 잠자리도 불편한 생활이었다. 그런데도 왜 이들은 목숨까지 걸어 가며 산속 생활을 하고 있을까? 남한에서 단독으로 선거를 치르든 말든, 친일파들이 군정에서 살아남아 권력을 행사하든 말든 무슨 상관이란 말인가? 그저 자신의 가족 건사나 하며 눈치껏 살아가는 것이 현명하지 않은가? 김종일에겐 국가나 민족이나 이데올로기 같은 건 그저 다투기 좋아하는 사람들이 만들어 낸 허상 같았다. 왜정시대에 그는 일본을 줄곧 동경해 왔고 지금은 미국이라는 나라가 그랬다. 우리 힘으로 얻은 해방도 아니니 자립할 수 있을 때까지 그들의 도움을 받는 게 부끄러운 일은 아닐 것이다. 어차피 한국이란 나라는 과거에서부터 중국에 기대어 살아 왔고 지금은 그 대상이 일본에서 다시 미국으로 바뀌었을 뿐이니까. 씁쓸한 맛이 입안을 감돈다. 해방된 조국이 마음에 들지 않은 건 김종일도 마찬가지였다. 누구의 나라가 되던 또다시 권력을 잡는 사람들이 생길 것이고 그들에 의해 나라는 어떻게든 흘러가게 되어 있으니까.

빗소리를 들으며 김종일은 성진과 한석희를 떠올린다. 옹알이를 하던 성진의 작은 입술이며 창백할 만큼 새하얀 피부를 가진 한석희를 생각할 때마다 성내로 돌아가고 싶은 마음이 간절해진다. 몸이 상했을 동생 역시 제대로 치료를 받고 있는지 걱정이 되었다. 그때 방만식이 망태기를 들고 토굴로 걸어온다. 얼굴이 발갛게 물든 걸 보니 술에 취한 것 같다. 제주도민으로 이루어진 유격대지만 군기와 규율이 있는 곳이라 김종일은 의아한 생각이 든다. 토굴 안으로 들어온 방만식은 김종일 앞에 주저앉아 망태기를 펼친다. 망태기 안에는 조 막걸리와 구운 감자가 들어 있다.

"성님 아방도 그랬주. 볼 일이 있을 때멍 술과 고기를 챙겨 들고 나한테 왓시카……."

"무슨 일인가?"

불안한 듯 바라보는 김종일에게 방만식은 왜군들이 쓰던 14식 권총을 꺼내 놓는다. 김종일의 얼굴이 금세 창백하게 변한다.

"곤지동 소식을 들었주. 기호 어멍이 맞아 죽고 김 하르방 손자 문식이는 성내로 끌려간 뒤 소식이 없으멍."

"……."

방만식이 잠시 토굴 밖으로 시선을 돌린다.

"겐 곤지동 청년들이 모두 끌려가 매타작을 받으멍 고문을 당했주."

"나 때문인가?"

"서청과 검정개들 뒤를 봐주던 성님 아니수과? 돈줄이 끊어졌다 생각하멍 똥줄이 탄 거주."

"날 납치하지 않았다면 이런 일도 없었겠지."

"하멍 더 많은 사람들이 고통을 받았겠주."

김종일은 막걸리를 입으로 가져간다. 빈속이라 그런지 금세 얼굴이 화끈거리며 취기가 오른다.

"그들과 손을 잡지 않고는 사업을 이어 갈 방법이 없었어."

"하르방도 왜정시대에 그런 말을 햅써. 왜놈들 말을 듣지 않으멍 살 수가 없다고……. 유순이 남펜과 아직 돌아오지 못한 이들 모두가 하르방 책임이우다."

"어떻게든 살아남는 게 중요한 세상이었으니까."

"하멍 자신과 가족만 중요하단 말임수꽈?"

"가족부터 챙기는 것이 인지상정 아닌가."

"그런 생각을 가진 사람들 때문에 나라가 이렇게 변한 거우다."

"그래서? 만식이 넌 특별하다고 생각하나? 소총 몇 자루와 죽창으로 제주를, 세상을 변화시킬 수 있을 거라고 말이야."

김종일은 머리를 좌우로 흔들며 웃는다.

"지금이라도 늦지 않았어. 사람들을 설득해 성내로 내려가 자수하게. 그게 모두를 살릴 수 있는 방법이야."

"화북지서에 끌려가 사경을 헤매면서 결심을 했주. 내 자신이 움직이지 않으멍 아무것도 변하지 않는다는 사실을……. 일본에서도 그렇고 제주에서도 그렇주. 성님과 달리 저 같은 사람이 행복해질 수 있는 세상은 어디에도 없으멍. 스스로 만들지 않으멍 말이우다."

"어리석은 생각이야. 그걸 왜 아직까지도 깨닫지 못하는가……."

"모르쿠다. 내가 왜 화북지서로 끌려갔는지, 왜 검정개들한테 맞으멍 했는지 말이우다. 여기 있는 대부분의 사람들이 나와 같은 경험을 했주. 가족을 잃은 이도 있고, 살기 위해 입산한 청년도 많쿠다. 단지 그 때문이우다……. 그들은 말함써. 화북지서에서도 그랬주. 지은 죄가 있다멍 제주에서 태어난 거라 했주."

천둥 번개가 치는지 귀청을 울릴 만큼 큰 소리가 하늘에서 터져 나온다. 방만식은 김종일에게 구운 감자를 챙기라고 말한 뒤 자리에서 일어난다.

"어차피 이렇게 살 운명이라멍 가만히 앉아서 당하지만은 않을 거우다."

그리고 길게 한숨을 내쉰 뒤 덧붙인다.

"위에서 명령이 떨어졌주. 부대는 좀 더 산 쪽으로 이동할 거우다."

"그럼, 난 어떻게 되는 건가?"

방만식이 대답을 하지 않자 김종일의 얼굴에 두려움이 인다.

"저 권총으로 날 쏴 죽이라고 했나?"

"내려가자마자 비서부장이란 놈이 여길 토벌할 거라 걱정하는 이가 많수다."

"그런 걱정은 할 필요 없어. 사실 난 일본으로 밀항할 계획을 오래전부터 세우고 있었네. 가족들과 함께 일본으로 건너가 가게를 낼 생각이야."

"끝까지 친일하겠단 소리로 들리우다."

"친일이든 뭐든 난 상관하지 않아. 나와 내 가족이 안전할 수 있다면 말이네."

잠시 김종일을 바라보던 방만식이 다시 입을 연다.

"성님은 변한 게 없수다. 아니 세상이 변하지 않은 거우다."

그리고 권총을 허리춤에 찬 뒤 김종일에게 말한다.

"망태기를 들고 날 따라옵서."

"아이를 유복자로 만들고 싶진 않네……. 살려주게!"

죽음을 예감한 김종일이 무릎을 꿇고 앉아 방만식에게 애원을 한다. 만식은 그런 김종일을 애써 외면하며 말을 건넨다.

"기회는 지금뿐이우다."

그제야 방만식의 의도를 알아챈 김종일이 급히 망태기를 어깨에 걸친다. 빗줄기는 갈수록 거세졌지만 방만식은 개의치 않는 눈치다. 산길을 잘 아는 그는 무장대들이 다니는 길과 다른 방향으로 김종일을 이끈다. 비 때문에 온통 진흙밭으로 변한 산길을 내려가면서 김종일은 몇 번이나 미끄러져 넘어진다. 구상나무가 우거진 숲길에 다다른 방만식이 뒤돌아서서 김종일에게 말한다.

"헌일이 만나멍 안부 전해 줍서."

"이래도 되는 것인가? 자넨?"

"제 걱정은 하지 맙써."

김종일은 방만식에게 다가가 말한다.

"정말, 난 몰랐어. 네가 화북지서에 끌려간 사실을……. 알았다면 헌일이보다 내가 먼저 손을 썼을 거다."

방만식은 말없이 고개를 끄덕인다.

"이 길로 내려가면 마을이 나타날 거우다. 버스를 타고 성내로 들어갑서."

"고맙네. 만식이!"

방만식은 대답 대신 내려가라는 손짓만 한다. 김종일은 방만식에게 한 번 더 인사를 건넨 뒤 숲길을 뛰다시피 한다. 그렇게 정신없이 산길을 내려가던 김종일의 귓가에 빗소리와 함께 총성이 들린다. 잠시 관음사 쪽으로 시선을 돌리던 김종일은 다시 산 아래로 걸음을 옮기기 시작한다.

20

권유순의 3칸 집 안방은 시아버지의 분(糞)냄새로 가득하다. 권유순은 부엌에서 전복죽을 내온다. 병든 시아버지가 가장 좋아하는 음식이다. 풍에 좋다는 무를 잘게 썰어 같이 끓였다. 상을 받아 드는 시어머니의 발가락 마디가 관절염으로 비틀어져 있다. 하지만 그녀는 영감의 병 수발만이라도 혼자 감당할 요량이다. 영감의 병세가 호전되지 않는다면 같이 죽을 심산으로 그녀는 하루하루를 버티고 있다. 아들이 살아 돌아올 거라는 실낱 같은 희망도 무디어진 지 오래다. 나날이 초췌해지는 며느리의 얼굴을 보면서 죽을 때가 되었나 보다, 죽어서 며느리 짐이라도 덜어 줘야지, 라는 생각이 드는 것이다. 이렇게 살아 무슨 영화를 누릴까, 권유순의 시어머니는 생각한다. 관절의 마디마디가 욱신거리거나 남편이 주책없이 똥을 싸지를 때마다 그녀는 그렇게 결심을 한다.

"침바치 하르방은 다녀갔나요?"

권유순이 전복죽 사발을 건네며 묻는다. 시어머니는 고개를 끄덕이며 남편을 내려다본다. 왼쪽 사지가 마비된 영감의 광대뼈 불거진 얼굴은 어딘지 모르게 심술궂어 보인다. 입이 비스듬히 찌그러진 게 소싯적 노름방을 전전하던 모습 그대로다. 차라리 왈패짓할 땐 건강하기라도 했다. 육 척 장신에 근골이라 곤지동은 말할 것 없고 화북에서도 꽤 알려진 장사(壯士)였다. 당시엔 쌀 두 가마니는 거뜬히 짊어질 정도로 완력도 있었다. 그녀는 영감의 뼈마디가 드러난 앙상한 팔뚝과 좁아진 어깨를 보며 세월의 무상함을 느낀다. 해방이 된 뒤에도 여전히 소식이 없는 아들 걱정에 술로 밤을 새우다시피 하던 날이 많았다. 울화가 머리로 올라와 병이 커졌다고 인중혈에 침을 놓던 늙은 침바치가 혀를 차며 말하기도 했다. 그녀는 며느리가 건네준 사기그릇을 영감 머리맡에 두고 숟가락을 집어 든다.

"오늘도 침바치 하르방이 와서 침을 놓고 갔주. 여름 가기 젠 다시 일어설 수 있을 거라 그랬우. 다행히 보름 들어도 약한 보름 들었다구……. 거기다 영감이 원체 건강한 체질이지 맙서."

시어머니의 주름진 얼굴에 미소가 인다.

"고씨 어멍이 그러는데 풍에는 천마가 좋대요."

"천마?"

"네. 천마를 곱게 갈아서 식후에 먹으면 좋다구……."

"그 예펜 모르는 게 없수다. 명호가 지 애미 닮아 공불 잘했주."

시어머니는 전복죽을 한 숟갈씩 영감의 입으로 가져간다. 시아버지가 입술을 우물거릴 때마다 죽의 반이 입 밖으로 흘러내린다. 시어머니는 흐르는 죽을 숟가락으로 받쳐 다시 떠먹이는 동작을 반복한다.

"갠 그렇고, 침바치 하르방이 가기 젠 우황청심환을 주고 갔주. 돈도 필요 없다 하고……. 암것도 필요 없다 하고 막무가내로 주고 갔주."

셈이 밝기로 소문난 늙은 침바치다. 그가 아무 이유 없이 청심환을 건네주고 가진 않았을 것이다. 권유순은 시어머니의 말을 들으며 홍성수를 떠올린다. 바닷가에서 만났던 홍성수의 미소가 그리워진다. 그가 늙은 침바치에게 부탁했을까? 권유순은 그런 생각만으로도 가슴이 뛴다. 눈치 빠른 성란이나 고씨 어멍이 없었다면 그의 품에 당장이라도 뛰어들었을 것이다.

"인색한 늙은 침바치가 노망이 들은 갑서……. 오래 살고 볼 일이주. 청심환으로 우리 영감 일어서멘 얼마나 좋을시냐."

"꼭 일어나실 거예요."

"네 고생하는 모습만 봐도 아덜 생각이 나. 그 무심한 놈이 왜 아직 연락이 없는지 몰르쿠게……."

서러움이 북받치는지 시어머니의 눈이 붉게 물든다. 누워 있는 시아버지의 눈에서도 눈물이 맺힌다. 권유순은 고개를 돌리며 일어선다. 시어머니와 시선을 마주칠 용기가 나지 않는다. 시아버지를 닮아 호남형에 키가 큰 사내였다. 결혼식을 하루 앞둔 가문잔칫날 권유순의 집으로 몰려온 남편과 남편의 친구들을 보며 마을 사람들과 친지들 모두 칭찬을 아끼지 않았다. 하지만 불행하게도 그녀에겐 사랑이라는 감정을 느낄 만큼의 시간이 주어지지 않았다. 남편과 살을 섞으며 지낸 기간은 6일에 불과했다. 기억 속의 남편은 그저 큼직한 허우대와 웃을 때마다 드러나는 고른 치아를 가진 사람이었다. 부엌으로 나간 권유순은 아궁이에 앉아 비 오는 마당을 멍하니 바라본다. 그리고 억새밭 사이에 서 있던 홍성수의 모습을 떠올린다.

해가 지면서 날은 더욱 사나워진다. 빗줄기는 굵어지고 바다에서 불어오는 바람은 새소리를 내며 곤지동을 휘돈다. 권유순은 몽유병 환자처럼 돌담 사이를 걷는다. 발을 내디딜 때마다 검정 고무신 사이로 빗물이 찬다. 소금기 섞인 빗줄기 때문에 눈앞이 아린다. 숨이 차오를 때면 그녀는 자리에 멈춰 서서 심호흡을 한다. 한순간의 죄책감도 그녀의 마음을 결코 흔들지 못한다. 남편이 지금 돌아온다 해도 홍성수에 대한 그녀의 사랑은 변함없을 것이다. 홍성수를 다시 보는 순간 권유순은 그런 사실을 깨달았다. 그녀의 발걸음이 시간이 지날수록 빨라진다.

창호지 너머로 희미한 불빛이 아른거린다. 정낭을 지난 권유순은 마당을 가로질러 댓돌 위로 올라선다. 홍성수의 검은색 구두를 내려다보는 권유순의 가슴이 다시 요동치기 시작한다.

"저예요."

낮고 작은 소리로 외친다. 백열등 불빛 아래에 검은 그림자가 움직인다. 문이 열리면서 홍성수의 얼굴이 나타난다. 그는 들고 있던 책을 내동댕이치며 마루로 뛰쳐나온다. 갈적삼에 중이를 입은 권유순의 몸은 빗물에 젖어 있다. 홍성수는 동그란 눈으로 댓돌 위에 서 있는 권유순의 손목을 잡아끈다.

권유순의 옷에서 떨어진 빗물이 방바닥을 적신다. 홍성수는 말없이 권유순의 젖은 옷을 벗긴다. 그녀는 가슴이 드러날 때까지 꼼짝하지 않는다. 중이를 벗기던 홍성수가 그녀의 몸을 안는다. 물기 묻은 머리카락과 축축한 입술에 홍성수는 얼굴을 가져간다. 뜨거운 입김 속에 그녀의 체취가 묻어난다. 소름이 돋은 가슴이며 움츠린 그녀의 어깨에 홍성수는 애잔함을 느낀다.

"보고 싶었소."

잠시 얼굴을 바라보던 홍성수가 다시 그녀를 꽉 껴안는다. 권유순은 가슴에 모았던 양손을 풀어 홍성수의 허리를 감싼다.

"헌일 삼춘은 어때요?"

"지금쯤 퇴원했을 거요. 제주읍에서 한동안 통원치료를 받아야겠지만……. 건강하더군."

"종일이 삼춘이 안됐어요. 아덜 때문에 죽은 황씨 어멍도 그렇고."

팔베개를 하고 누운 권유순이 홍성수의 얼굴을 살며시 올려다본다. 그는 담배를 입에 문 채 빗소리에 귀를 기울인다. 권유순의 집게손가락이 홍성수의 코끝에서 이마로 다시 눈과 뺨으로 지나간다.

"그 뒤로 마을은 어떻소?"

"마을 어른들 모두 숭시가 난다고 불안해해요."

"숭시?"

권유순은 홍성수의 가슴에 얼굴을 파묻는다. 홍성수는 그녀의 머리카락을 쓸어 넘긴다.

"테우리들 말로는 몰과 쇠가 물을 먹을 수 없을 만큼 연못에 올챙이들이 많아졌다고 기분 나빠해요. 고씨 어멍은 낸시가 너무 잘 자란다고 걱정이구."

홍성수는 마을 이장이나 다름없는 김 노인의 말을 떠올린다. 그는 언젠가 '낸시가 무성하면 변이 일어난다'고 말한 적이 있었다. 신축년(1901년, 이재수의 난이 일어난 해)에도 마을 어디에서나 냉이를 쉽게 찾아볼 수 있었다고 했다. 한일합방이 되던 해에는 생전에 피지 않던 대나무 꽃이 피었다고도 했다. 홍성수는 담배를 재떨이에 짓눌러 끄고 나서 권유순을 물끄러미 바라본다. 미신에 의존할 만큼 세상물정에 어둡고 착하기만 한 그녀가 사랑스럽다.

"김명호를 만나봐야겠소."

"그 일 이후로 공회당에도 마을 젊은이들이 모이지 않아요."

"방만식과 산으로 올라간 최기호 때문이겠지. 공회당에서 그와 어울렸던 마을 청년들 모두 화북지서에 끌려가 매타작을 받았으니……."

"문식인 아직 소식이 없나요?"

"제주읍에서 수소문해 봤지만 알아낸 게 없소."

"김 노인이 그 일 때문에 몸져누웠다고 들었어요."

"안타까운 일이오."

처마 밑에 놓아 둔 항아리로 떨어지는 물방울 소리가 경쾌하다. 하지만 홍성수의 기분은 반대로 우울해진다. 공회당에 모여 청주를 마시던 마을 젊은이들의 얼굴이 선명하게 떠오른다. 그들에게 있어 홍성수는 이방인에 불과했다. 미국이니 소련이니 좌익이니 우익이니 하는 것도 남북이 갈라져 서로를 적대시하는 것도 곤지동의 젊은이들에겐 그저 육지것들이 벌이는 이권다툼에 지나지 않았다. 제주 사람들에게 색깔을 입혀 진흙 싸움으로 밀어 넣는 게 북한이든 그에 동조하는 남로당이든 곧 생길 대한민국 정부나 친일파든 제주 사람들의 의지와는 상관없는 일이었다. 왜 제주가 그들 사이에서 희생양이 되어야만 하는지 마을 젊은이들은 이해할 수 없을 것이다. 종일이 납치당한 것도 그렇고 방만식이 산사람들을 끌고 마을을 내려온 것도 그렇다. 마르크스와 엥겔스를 안다고 해서, 유물론이니 무상계급 같은 단어를 꿰찬다고 해서 사람을 함부로 죽일 수 있는 건 아니다. 타인의 생살권을 쥐고 흔들 만큼 이념이 중요한 거라면 그 당위성은 어디에서 찾을 수 있을까? 거기다 이념의 덫을 씌워 제주의 젊은이들을 죽음으로 몰아가는 군정과 남한의 정치인들은 더더욱 최악이었다. 홍성수가 제주의 앞날을 불길하게 느끼는 이유도 그 때문이다.

"무슨 생각 하세요?"

권유순이 홍성수의 어두운 표정을 살피며 묻는다. 홍성수는 미소를 지으며 권유순을 올려다본다.

"잠시 종일이 생각을……."

말을 하다 말고 홍성수는 몸을 옆으로 돌려 권유순과 얼굴을 마주 대한다.

"시부모님께 우리 이야길 하고 싶소."

"아직은 안 돼요. 침바치 하르방 말로는 가을이 오기 전에 시아방이 일어날 거라 했어요. 그때까진……."

"그때가 되면…… 약속할 수 있소?"

권유순이 고개를 끄덕인다. 홍성수는 그녀의 등을 감싸 안는다. 담팔수에 흰꽃이 필 때쯤이면 당당히 그녀의 시부모를 만날 것이다. 그녀를 사랑한다고, 결혼하고 싶다고 말할 것이다. 홍성수는 권유순의 입술을 탐하고 가슴을 만진다. 거친 해풍에도 그녀의 피부는 티 하나 없이 매끄럽다.

"당신이죠?"

홍성수는 권유순의 가슴으로 얼굴을 가져간다. 그녀의 봉긋한 양 가슴에 뺨을 비비댄다.

"침바치 하르방이 우황청심환을 주고 갔어요. 그 하르방 자린고비로 마을에선 유명한 사람이에요."

"칠성로에 있는 약방에서 몇 갤 구했소. 나도 뭔갈 돕고 싶어서……."

권유순의 웃는 얼굴을 보는 게 홍성수에겐 가장 기쁜 일이다. 그녀의 볼에 작은 보조개가 일 때마다 홍성수는 행복하다. 그녀가 홍성수의 이마에 입술을 가져간다. 그는 권유순의 허리를 감싸 안으며 시간이 이대로 멈춰 버렸으면 하고 간절히 소망한다.

21

모슬포에 주둔해 있던 9연대 경비대 중 제주도 출신 일부가 대정지서등을 습격해서 경찰관을 살해하고 입산했다는 소문이 나돌았다. 국방 경비대의 책임자가 바뀌면서 그동안 소극적으로 토벌작전을 펼치던 경비대마저 경찰들과 발을 맞추기 시작했다.

김헌일이 세 들어 사는 남문로 쪽으로도 캘리버 자동소총을 장착한 지프나 경비대를 태운 스리쿼터가 자주 지나다녔다. 야간 통금시간이 밤10시에서 7시로 길어지면서 제주읍의 밤거리는 일찍부터 적막에 휩싸였다. 통행금지를 알리는 사이렌이 울리면 김헌일은 현관문을 걸어 잠그고 방으로 들어와 소설책을 읽거나 아내와 잡담을 나누며 시간을 보냈다. 통원치료를 받는 동안 몸 상태도 좋아져 팔굽혀 펴기나 윗몸 일으키기를 하며 체력을 회복했다. 하지만 안정을 찾아 갈수록 김헌일은 고영두의 말이 계속해서 귓가에 맴돈다. 형이 남긴 돈만으로도 일본에서 조그만 사업을 시작할 수 있다는 그의 말에는 어떤 사심도 들어 있지 않았다. 밀항할 목선의 엔진은 GMC트럭의 엔진을 개조해 만들었기 때문에 제주해안을 감시하는 순시선보다 빠르다고 그는 장담했다. '야간 통금이 시작될 무렵 출발하면 새벽녘에는 시모노세키 근처의 해안에 도착할 수 있습니다. 일단 해안에 도착하기만 하면 그 다음부턴 걱정할 필요가 없어요. 시모노세키엔 밀항한 한국인들이 많으니까 도움을 받을 수 있습니다. 아, 그리고 양복이나 원피스가 필요합니다. 해안을 벗어날 때 갈아입어야 하니까요.' 김헌일은 구체적인 계획까지 늘어놓던 고영두의 이야기가 뇌리에서 떠나지 않는다. 제주의 상황이 어지러워질수록 밀항에 대한 생각은 차츰 강도를 더해 간다.

그러나 노란 백열등 아래에서 성진의 무명 기저귀를 개는 인선은 성내에서의 생활에 차츰 적응해 가고 있었다. 아니, 김헌일이 시아주버니 회사에 다녀온 뒤로는 생활에 대한 걱정도 한풀 꺾여서 사는 게 재미까지 나는 것이다. 시아주버니에겐 미안한 마음이지만 성진의 방긋 웃는 얼굴을 보는 것도 그렇고 러닝 차림으로 방바닥에 엎드려 신문을 읽고 있는 남편의 건강해진 모습에도 행복감을 느낀다. 시집온 첫날부터 까다로운 시아버지의 비위를 맞추느라 숨 한 번 제대로 쉬지 못했던 그녀로서는 제주읍에서의 생활이 때늦은 신혼 같은 느낌이다. 곤지동에선 언제나 무뚝뚝하고 침울하기만 하던 남편의 성격이 변한 것도 그녀에겐 고마운 일이다.

인선은 한석희에게 가져다줄 기저귀를 보자기에 챙겨 넣고 부엌으로 들어가 커피를 탄다. 한석희로부터 배운 커피 맛에 그녀는 이미 길들여져 있었다. 양반다리로 신문을 읽고 있던 김헌일이 아내가 건네는 커피잔을 받아 든다.

"오늘은 또 무슨 일이 있수꽈?"

김헌일의 아내가 자리에 앉으며 묻는다. 신문의 정치, 사회면은 새로 구성된 대한민국 국회와 국회의장에 선출된 이승만 박사에 대한 이야기로 가득 차 있다.

"북한지역에서 선출될 국회의원 100명의 의석을 비워 두기로 새 입법부가 결정한 모양이오. 유엔한국임시위원단의 연락사무소를 서울에 설치하기로 했다는 소식도 있고……."

하지만 김헌일에겐 세상 돌아가는 이야기는 그저 하늘에 떠다니는 뜬구름 같다. 그는 신문을 한쪽에 접어 놓으며 한석희에 대해 묻는다. 고영두로부터 달러를 받아 나오면서 제일 먼저 떠올린 사람이 한석희였다. 다방에서 일하는 그녀를 본다면 형은 얼마나 동생인 자신을 책망할 것인가. 그런 김헌일의 마음을 읽었는지 인선은 어두운 표정으로 남편을 응시한다.

"형수에게 말은 해 봤소?"

인선은 말없이 고개를 끄덕인다.

"방만식뿐 아니라 곤지동 사람들에게도 적개심이 만쑤다양."

"그래서 군인들과 경찰들에게 웃음을 판단 말이오?"

인선은 대답하지 못한다. 시선을 바닥으로 떨어뜨리는 아내를 보며 김헌일은 알 수 없는 분노를 느낀다. 다방을 들락거리는 경찰이나 경비대들의 비위를 맞춰서라도 형의 복수를 하겠단 생각인가? 그녀에게 곤지동은 그저 죄 없는 연인의 목숨을 빼앗아 간, 태어난 지 보름도 안 된 자신의 아들을 유복자로 만들어 버린 파렴치한 인간들이 사는 곳일 뿐이다. 김헌일은 한석희가 곤지동을 쑥대밭으로 만들기 전까진 마을 사람들을 용서하지 않을 거란 사실에 놀란다.

"내가 동양물산에 찾아갔단 이야기도 했소?"

"네, 하멘⋯⋯ 같이 살고 싶은 마음은 없는 것 같아우다."

"성진의 장래를 생각한다면 그렇게 함부로 말하진 않았을 거요."

인선이 다시 눈을 아래로 내리깐다. 한석희만 좋다면 제주읍에 네 식구가 살 만한 집을 얻을 생각이었다. 김헌일은 착잡한 심정으로 입술을 깨문다. 누가 뭐라든 성진은 김씨 가문의 장손이다. 아이를 그런 곳에서 자라게 할 순 없다고 김헌일은 마음속으로 다짐한다.

"차라리⋯⋯."

길게 한숨을 쉬면서 김헌일은 아내에게 말을 잇는다.

"차라리 일본으로 밀항이나 할까?"

"네?"

인선은 두 눈을 깜박거리며 남편을 바라본다. 남편의 성격에 그냥 내뱉는 말은 아닐 것이다. 목포나 광주가 아니라 일본으로 밀항하자는 남편의 말이 그녀에겐 현실감 있게 다가오지 않는다. 거기다 왜 일본까지 밀항할 생각을 하는지 그 이유조차 인선은 알 수가 없다.

"갑젠 무슨 말씀이우꽈?"

"회사에 갔다가 고영두란 사람을 만났소. 구정에 형님과 함께 왔던 양복 입은 사내를 기억하오? 서울 말씨를 쓰던…….”

고개를 끄덕이는 인선의 미간에 주름이 인다. 곤지동 본가 마당에서 남편과 이야기를 나누던 말쑥한 차림의 남자를 그녀는 떠올린다. 하지만 시아주버니의 비위를 맞추던 사내의 모습이 그리 탐탁하게 보이진 않았다.

“배를 구해 두었다고 하더군. 마음만 있으면 언제든 떠날 수 있다고 했소.”

“육지도 아니구……. 왜 갑젠 왜놈 나라로 밀항할 생각을 하시우꽈?”

“쉽게 하는 말이 아니오. 난 외지인들이 내세우는 이념이라는 잣대에 의해 희생당해야만 하는 제주 사람들을 더 이상 볼 용기가 없소. 아니 무법천지가 된 조선이란 나라가 싫어. 성진을 평화로운 곳에서 자라게 하고 싶소. 형수도 제주에서 멀어지면 마음이 달라질 거요.”

인선은 남편의 두 눈을 똑바로 바라본다. 결혼 생활 7년 동안 그녀는 남편의 눈빛만 봐도 무슨 생각을 하는지 알 수가 있었다. 김헌일 또한 마음 속 생각을 그녀에게 털어놓고 나니 밀항에 대한 결심이 굳어지는 걸 느낀다. 어차피 남한에 단독 정부가 들어서면 유일하게 선거가 보이콧된 제주는 고립무원이 될 게 뻔했다. 4월 이후로 응원경찰만 1700명이 제주에 새롭게 발을 디뎠다. 고영두는 ‘산으로 들어간 무장대는 300명이 채 되지 못합니다. 그런데 경찰이고 경비대고 서청이고 간에 마구잡이로 제주에 들어오고 있어요. 그게 뭘 의미하는지 압니까? 제주 사람 대부분을 빨갱이로 생각하고 있단 증거예요. 3.1절 기념대회에서부터 파업까지……. 거기다 선거를 앞두고 일어난 선관위 사람들의 피살사건까지 모두 말입니다. 그러니 이 저주받은 땅에선 희망이 없습니다. 눈치가 빠른 사람들은 모두 육지나 일본으로 밀항할 계획들을 가지고 있어요.' 김헌일은 그의 말을 들으면서 서북청년단 간부였던 비서부장을 떠올렸다. 자신에겐 선택권이 없다고 말하던 그는 경찰학교에 들어가라는 강요 아닌 강요를 하고 돌아갔다. 그는 비서부장의 마지막 말이 경찰이 되어 형의 복수를 하라는 단순한 의미가 아니라는 걸 뒤늦게 깨달았다.

"내가 직접 형수를 만나 봐야겠소."

인선에게 말한다.

"성진을 위해선……. 그게 최선이우꽈?"

그녀가 묻는다. 김헌일은 말없이 고개를 끄덕인다.

"어차피 여기선 양자택일을 하지 않고는 살 수가 없을 거요. 내가 살겠다고 제주 사람들에게 총부리를 겨눌 순 없잖소."

인선은 냉랭해진 커피잔으로 시선을 돌린다. 지금처럼만 살 수 있다면 일본이든 어디든 상관없을 거란 생각이 든다.

"당신 결심이 겐다면 전 반대하지 않을 거우다."

"난 더 이상 가족을 잃고 싶지 않아. 그뿐이오."

김헌일의 목소리가 떨린다. 그는 진심으로 가족을 지키고 싶다. 사랑하는 아내와 김씨 가문의 대를 이어갈 성진을, 한석희를 무슨 일이 있더라도 지켜 주고 싶은 것이다.

22

주정공장의 높은 굴뚝 위로 두꺼운 먹구름이 깔렸다. 새벽까지 내린 비로 제주항에는 출항을 미룬 어선들로 가득하다. 원통 모양의 물탱크와 전봇대에는 대한민국정부수립을 환영하는 선전문구가 붙어 있다. 고영두는 담배를 바닥에 짓눌러 끄고 부두를 걷는다. 뒤따르는 김헌일은 부두에 줄지어 정박해 있는 바지선과 어선, 경비정을 바라본다. 선창에 자동소총을 단 경비정을 지나쳐 갈 때에는 괜히 가슴이 뛰기도 한다. 몇 발짝 앞서가던 고영두가 구레나룻에 수염이 덥수룩하게 난 40대 후반의 남자와 인사를 나눈다. 누렇게 때가 낀 셔츠에 군용바지를 입은 사내가 고영두의 어깨를 건드리며 농담을 건넨다. 고영두가 다가오는 김헌일을 보며 남자에게 말한다.

"이분이 사장님 동생 되는 분입니다."

멧돼지처럼 야무지게 생긴 남자가 손을 내민다. 바다 사나이답게 그의 손은 크고 투박하다.

"사장님 소식은 들었소. 안됐습니다."

남자의 입에서 술 냄새가 풍긴다. 김헌일은 대답 대신 살며시 미소를 짓는다. 김헌일의 표정을 살피던 고영두가 선장에게 말한다.

"이럴 게 아니라 들어갑시다."

남자는 주위를 한 번 둘러보더니 턱짓을 한다.

"조심해서 내려오시오. 자칫 바다에 빠질 수 있어요."

남자는 정박해 있는 어선 중 한 척에 몸을 날린다. 키에 비해 다부진 체격을 가진 남자는 가뿐하게 갑판으로 뛰어내린다. 그는 닻줄을 잡아끌어 배가 선창에 바짝 다가서게 만든다. 그 사이 고영두와 김헌일이 갑판 위로 올라선다. 남자는 조타실로 들어가 자리를 만든다. 갑판 위에 엉거주춤 서 있는 고영두와 김헌일에게 남자는 들어오라는 손짓을 한다. 직사각형 모양의 조타실은 세 사람이 앉기에도 버겁다.

"그렇게 불편해할 거 없소. 빨갱이만 아니라면 괜찮단 소리요."

두리번거리는 김헌일의 모습을 보며 남자가 말한다. 그는 창가 쪽 선반에서 청주병을 끄집어내 마개를 딴다.

"날이 괴팍해서 이틀은 공치게 생겼으니 그동안 술이나 마셔야지. 한 잔 하겠소?"

남자가 두 홉들이 술병을 흔들어 댄다. 김헌일은 말없이 고개를 좌우로 내젓는다. 고영두는 대신 담배를 꺼내 입에 문다.

"하긴, 황구든 백구든 다 같은 개새끼들인데 말요."

킥킥거리며 남자가 웃는다. 고영두는 담배 한 개비에 불을 붙여 남자에게 건넨다. 남자는 술병에 입을 가져가려다 말고 고영두가 내미는 담배를 받아 문다.

"그때 하던 이야기나 마무리합시다."

고영두의 말에 남자는 여전히 미소를 지으며 답한다.

"모두 몇 사람이라고 했소?"

"나까지 다섯이요."

"그럼, 50만 원은 받아야겠는걸. 선불로 20만 원, 도착하면 30만 원……. 어떻소?"

고영두가 김헌일을 바라보며 말없이 고개를 끄덕인다. 잠시 침묵을 지키던 김헌일이 남자에게 묻는다.

"안전하게 일본까지 갈 수 있는 겁니까? 중간에 나포되거나 침몰당할 우려는 없어요?"

"더럽게 재수가 없다면 말요."

남자는 조타실 밖을 넌지시 바라본다. 경비정 근처에 있는 나무 막사를 가리키며 그가 다시 말을 잇는다.

"저기 보이는 사무실에 해안경비대 아이들이 있소. 그네들에게 돈을 좀 쥐어 주지. '오늘 날씨가 좋아 큰 건 하나 해야 하는데'라고 말하면 녀석들은 알아서 챙겨 들어요. 문젠 일본 해안에 도착했을 때지. 일본 순시선에 발각되면 좀 귀찮아지거든."

남자는 술병을 입으로 가져가 청주를 들이킨다.

"하지만 말요. 이 바닥에선 내가 최곱니다. 나보다 경험 많고 뱃길 잘 아는 놈 만나긴 쉽지 않을 거요."

"맞아요. 당신이 최고란 소릴 들었소."

고영두가 남자의 말에 맞장구를 친다. 김헌일은 자신과 가족들의 목숨을 맡길 만큼 이 남자를 믿을 수 있는지 가늠한다. 눈빛이 붉고 입술이 두터운 남자의 첫인상은 그렇게 호감이 가진 않았다. 하지만 남자의 말투는 힘이 있고 확신에 차 있다. 무조건 믿으라는 말보단 솔직한 답변이 오히려 마음에 든다.

"우린 어디에 승선을 하죠?"

"선창이요. 열 사람은 거뜬히 들어갈 수 있는 공간이오. 답답할진 모르지만 그렇게 오래 참을 필욘 없을 거요. 여기서 시모노세키라면 말이오."

"갓 백일이 지난 애기가 있는데 괜찮겠소?"

"제주 근해를 벗어나면 선창 문을 열어 드리지."

"언제 떠나는 게 좋겠소?"

"나야 언제든……. 음력 그믐이면 안전할 거요. 될 수 있으면 눈에 띄지 않는 게 좋으니까 말이오."

"그럼, 다음 달 초가 좋겠군요."

고영두가 날짜 계산을 하며 말한다. 남자는 청주를 한 모금 더 마시고 나서 몸을 일으킨다. 두꺼운 먹구름 사이로 마른천둥이 지나간다. 고영두가 하늘을 올려다보며 손바닥을 펼친다. 빗줄기가 떨어지진 않지만 주위 공기는 습기로 가득 찬 느낌이다. 남자가 갑판 위를 성큼성큼 걸어 나가 다시 닻줄을 잡아끈다.

"해방되고서 일본에서 많이들 건너왔지. 하지만 어떻게 된 게 다시 일본으로 돌아가려는 제주사람이 많아졌어요. 덕분에 나

같은 놈들만 살맛이지."

먼저 부두로 올라간 고영두가 김헌일의 손을 잡는다. 경사진 콘크리트 벽을 밟으며 김헌일이 몸을 움직인다.

"육지것들이랑 왜놈들이랑 다른 게 없어 그런 거 아니겠소. 그래도 왜놈들은 이유 없이 사람을 죽이진 않았어요."

고영두가 남자에게 말한다. 부두 위로 올라선 김헌일은 양손으로 바지를 털며 남자를 내려다본다. 그는 누런 이빨을 드러내며 웃는다.

"내 동생도 일본으로 밀항을 했죠. 지금은 오사카의 공단지역에서 일하고 있어요. 여기나 거기나 힘들긴 마찬가지지만 적어도 목숨 걱정은 하지 않는다 들었소……. 그럼, 연락 주시오."

"곧 비가 내릴 것 같군요."

"말하지 않았소. 오늘까진 청주나 마시면서 쉴 생각이오. 이런 날 멋모르고 나갔다간 자칫 물귀신 되기 십상이지."

고영두는 남자에게 일주일 뒤 이맘때쯤 한 번 더 찾아오겠다는 말을 남긴다. 남자는 고개를 끄덕이며 손을 흔든다. 김헌일은 고영두와 나란히 왔던 길을 되돌아 걷는다. 고영두의 말처럼 한바탕 비라도 퍼부을 기세로 하늘은 온통 검은빛이다. 갈매기 한 마리가 날개를 크게 펼치며 저공비행을 한다.

남자의 말처럼 일본에서의 생활이 행복할 거라는 보장은 없다. 하지만 제주에서처럼 가족을 잃을 걱정은 하지 않을 것이다. 고영두가 김헌일과 어깨를 나란히 하며 말한다.

"결심을 굳혔다니 다행입니다. 전 사장님의 판단이 옳다고 믿고 있어요."

김헌일은 고영두의 말을 들으며 곤지동으로 찾아왔던 형의 모습을 떠올린다. 한석희와 갓 태어난 성진을 데리고 급히 마을을 떠나려 했던 형은 어쩌면 자신의 운명을 이미 알고 있었는지도 모른다. 또다시 하늘에서 마른천둥이 울린다. 아침이나 먹고 가라고 형을 붙잡지 않았다면 지금 이 자리엔 자신이 아닌 형이 고영두와 함께 걷고 있었을 것이다. 김헌일은 길게 한숨을 내쉬며 걸음을 빨리한다. 후두둑거리는 소리와 함께 어느덧 굵은 빗줄기가 떨어지기 시작한다.

23

방만식이 관음사로 돌아왔을 때 정치지도원인 석호는 무장대와 함께 이야기를 나누고 있었다. 만식은 그와 눈을 마주치지 않은 채 말없이 무장대 속으로 걸어간다. 석호는 그를 곁눈질로 잠시 바라보다가 다시 말을 잇는다.

"반동숙청에 이어 투표 보이콧까지 모두 성공적인 활동이었소."

"하지만 지금은 검정개(경찰)뿐 아니라 노랑개(경비대)까지 사람들을 죽이거나 고문하고 있습니다."

서울유학파인 한 청년이 입을 연다. 일본도가 눈을 치켜뜨며 그를 쳐다봤지만 곧 다른 청년 하나가 말을 잇는다.

“겐 우리가 그들을 이길 수 있수까? 육지서 응원군들이 많이 들어온다 하젠 않소.”

“9연대 장병 43명이 입산을 하지 않았습니까? 응원 온 군인들 중에서 우리와 뜻을 같이하는 이들이 앞으로 더 많아질 것이오.”

하지만 석호는 입산한 9연대 장병들 중 20명이 경비대에 의해 체포되었다는 사실은 밝히지 않는다. 지쿠호 탄광에서와 달리 석호는 더 이상 사람들에게 진실을 말하지 않았다. 그의 이야기 중 일부는 그럴듯한 감언이설에 불과했다. 진심이 담긴 말로 사람들에게 희망을 주던 지쿠호에서의 석호는 단지 과거의 모습일 뿐이다. 언제부터였을까? 시모노세키부터 지쿠호 탄광을 거쳐 하카다 항까지 수차례 죽을 고비를 넘기면서 두 사람의 우정은 두터워졌다. 제갈과 유수를 사고로 먼저 떠나보낸 뒤에는 둘밖에 남지 않았다는 묘한 동료애 같은 것이 싹트기도 했다.

방만식과 석호가 하카다 항으로 숨어들었을 땐 이미 항구 주변의 여관이나 민박집에는 조선인들로 넘쳐났다. 미군의 공습이 본격적으로 시작되던 1944년 말부터 강제징용으로 일본에 끌려온 조선인들 중에서 정기연락선이 다니는 시모노세키나 박려연락선이 있는 하카다 항으로 몰려드는 이들이 많았다. 돈을 아끼기 위해 여러 가구가 한 방에 기거를 하며 후쿠오카 시내에서 뱃

삯을 벌기도 했다. 그들 대부분은 방만식과 석호처럼 소형발동선이라도 구해 고향으로 돌아가기를 희망했다.

후쿠오카 외곽의 작은 여인숙에 머물며 부두노동자로 일하던 방만식은 그 무렵 제주와 다른 이색적인 풍경에 마음을 빼앗겨 버렸다. 석유냄새가 나는 짠내 나는 바다와 선창의 술집 골목에서 들려오던 엔카, 석쇠에 구워지는 돼지와 닭 꼬지의 달콤한 냄새, 그리고 몸빼바지를 입고 다니는 조선인 여성들의 수줍은 표정을 좋아했다. 석호는 '유수와 제갈이 옆에 있었다면 분명히 그네들에게 농을 건넸을 거야'라고 농담처럼 말하곤 했다. 그들의 빈자리가 아쉽게 느껴졌던 건 방만식도 마찬가지였다. 한편으로 그는 제주나 지쿠호에선 경험하지 못한 후쿠오카만의 자유로운 분위기에 매료되어 있었다. 우뚝 솟은 빌딩이며 서양식 건물들, 부두를 따라 이어진 배들과 대낮처럼 밝은 도시의 네온사인과 가로등 아래를 하염없이 걸어 다녔다. 석호의 주선으로 조선인 여성과 생전 처음 데이트라는 걸 경험하기도 했다. 검정 치마에 하얀 저고리를 입은 윤은 경성이 고향이라고 했다. 제철소에서 일하는 아버지를 따라 가족 모두가 일본으로 건너왔다가 미군 폭격으로 공장이 사라지면서 밀린 임금조차 받지 못하고 쫓겨났다고 담담히 말했다. '그래도 우린 아버지를 잃진 않았어요. 야간조로 일을 나갔던 조선인들 중엔 폭격으로 돌아가신 분들이 많으니까……. 그나마 우리 가족은 운이 좋은 편이죠'라고 수줍게 내뱉는 그녀가 한없이 사랑스러웠다. 제주 여성들과 달리 하얀 피부에 부드러운 표준어를 사용하는 윤에게 방만식은 금세 마음을 빼앗겼다. 한동안 꿈같은 시간이 지나갔다. 부두에서의 작업도, 석호와의 끝없는 대화도, 윤과의 밀애시간도 그렇게 빠르게 흘러갔다.

비록 요시무라의 살인범으로 경찰의 수배를 받고 있었지만 두려워할 필요는 없었다. 1945년 여름이 올 때까지 미군의 소이탄 폭격으로 도쿄와 나고야, 고베, 오사카, 요코하마는 불바다가 되었고 수십만 명의 인명피해가 발생했다. 후쿠오카를 포함하고 있는 규슈의 남부도시도 미군의 폭격에서 자유로울 수 없었다. 하루에도 수백 명의 사상자가 발생하는 일본에서 전직 폭력배의 행동대원이었던 요시무라의 죽음은 아무런 관심도 받지 못했다.

1945년 8월 15일 정오, 나가사키에 핵폭탄이 터졌다는 소문을 들은 지 6일 만에 히로히토 쇼와 천황의 목소리가 라디오에서 흘러나왔다. 선창과 맞닿은 식당에서 막 점심식사를 하고 있던 방만식과 석호는 신으로 추앙받던 일본천황의 목소리에 귀를 기울였다. '지금부터 중대발표가 있겠습니다. 전국의 청취자 여러분께서는 기립해 주시기 바랍니다'로 시작하는 방송에선 기미가요 음악이 흘러나왔다. 식당에서 점심을 먹고 있던 일본인들 모두가 자리에서 일어나 라디오에 귀를 기울였다. 기미가요가 끝나자 녹음된 히로히토의 목소리가 일본 전역으로 퍼져 나갔다. '짐은 깊이 세계의 형세와 제국의 현상에 비추어 보아…… 충성스럽고 선량한 그대들 신민에게 고한다'로 이어지는 그의 목소리는 신이라기엔 너무 평범해 보였다. 히로히토는 끝까지 항복이라는 단어를 사용하지 않았지만 많은 이들이 무릎을 꿇거나 일어선 채 눈물을 흘렸다. 방만식과 석호는 조용히 맥주잔으로 건배를 하며 일본의 패망을 자축했다.

"이젠 고향으로 돌아가는 일만 남았어."

일본의 패망과 함께 고국으로 돌아가려는 조선인들이 시모노세키와 하카다 항뿐만 아니라 사세보, 센자키. 마이즈루, 하코다테의 항구를 메웠다. 전쟁을 승리로 이끈 연합국의 군최고사령부가 고국으로 귀환하는 조선인들에게 무상으로 배편을 제공한다는 발표가 전해진 뒤였다. 하지만 언제 귀환 길이 열리는지 아는 사람은 없었다. 전쟁 동안 일본 근해에 떨어진 수많은 기뢰 때문에 한동안 배를 띄울 수 없을 거라는 우울한 소식이 전해졌다. 뒤이어 맥아더 사령부의 명령에 따라 조선인 귀환자가 고국으로 들고 갈 수 있는 돈이 1000엔으로 제한되었으며, 나머지 재산은 영수증을 발급한 일본정부가 관리하게 될 거라는 소문이 이어졌다. 치안과 사회불안을 이유로 귀환하는 조선인들의 성분도 제약을 받았다. 강제 연행된 군인과 군속부터 귀환시키고 탄광노무자들과 돈을 벌기 위해 일본으로 들어온 공장 노동자들은 자국의 경제복구를 위해 가능한 한 귀환시기를 늦춘다는 내용이었다. 하카다 항까지 그 소식이 전해지자 사람들은 격노했다. 귀국할 날만 기다리며 노숙생활을 하던 많은 이들이 절망에 빠졌다. 여전히 일본은 조선인들을 식민지 국민으로 차별하고 있다고 분통을 터뜨리는 사람들이 늘어났다. 일본정부가 아닌 맥아더사령부와 직접 교섭할 수 있는 방법을 찾아야 한다는 자각이 일면서 청장년층을 중심으로 조직이 만들어졌다. 후쿠오카에서도 귀국동포원호회라는 것이 생기면서 석호의 역할이 커졌다. 일본어와 영어를 할 수 있었던 석호는 하카다 항에 머물고 있는 조선인들은 물론 다른 지역의 조선인들과 연계해 군최고사령부와 협상을 벌였다. 귀환자의 명부를 작성하고 귀환증명서를 발급하는 일에서부터 조선인들이 남기고 간 재산을 일본정부가 아닌 조선인들 스스로 관리하는 문제가 주를 이루었다. 하카다 항과 가까운 창고를 임대해 수용소를 만들고 귀국할 때까지 동포의 편의를 제공할 수 있도록 지원을 약속받았다.

방만식이 민족주의나 사회주의 같은 정치 문제에 간접적이나마 눈을 뜰 수 있었던 것도 그 무렵이다. 하카다 항에 모여든 조선인들 중에는 석호처럼 똑똑한 사람들이 많았다. 그들은 시간이 날 때마다 수용소에 모여 해방된 조국의 당면 문제에 대해 열띤 토론을 벌였다. 그 대부분이 추상적이거나 현실성이 떨어지는 내용이었지만 만식은 마치 새로운 세상에 발을 디딘 것처럼 흥분을 감출 수 없었다. 그들의 말 한마디 한마디가 신선한 충격으로 다가왔기 때문이다. 토지를 무상으로 국민들에게 나누어 줘야 한다는 이야기는 방만식의 가슴을 벅차오르게 만들었다.

“위대한 과업을 완성시키기 위해 제주도민들에게 백지날인을 받아왔던 동무들에게 새로운 소식을 전하게 되어 기쁩니다. 동무들 덕분에 해주에서 열리는 남조선인민대표자대회에 참석하게 된 김달삼 사령관이 며칠 전 북으로 향했습니다. 동무들도 알다시피 외세의 탄압에서 벗어나 새로운 세상을 만들기 위해선 친일파 처단과 토지개혁을 단행한 북조선이 개혁의 중심에 서야 합니다. 지금의 남한정부는 친일파와 친미파들에 의해 세워진 괴뢰정부에 지나지 않습니다. 모두 힘을 모아 새로운 투쟁에 동참해 주시오.”

석호의 이야기에 대원들은 ‘새로운 투쟁’이라는 말에 의구심을 나타낸다.

“새로운 투쟁이란 뭘 뜻하는 겁니까?”

한 대원이 손을 들고 일어나 질문을 던진다. 석호는 그에게 주먹을 불끈 쥐며 다시 입을 연다.

“새 사령관이 선출될 겁니다. 동시에 조직개편이 이루어질 거요. 경비대와 경찰의 토벌이 본격화되기 전에 전력을 새로이 다지자는 의미입니다.”

“북으로 간 김 사령관님은 그럼, 제주로 돌아오지 않는다는 말입니까?”

"아니! 돌아올 겁니다. 혁명을 이끌 군인들과 함께 말이오. 한반도의 남쪽 끝인 제주에서 시작된 혁명의 불꽃은 평양에서부터 그 꽃을 피우게 될 것입니다!"

그제야 대원들의 긴장된 얼굴에 미소가 인다. 멀리서 연설을 듣고 있던 방만식이 자리에서 일어나 석호에게 묻는다.

"남한정부가 그 사실을 알멘 어찌 되는 거우까?"

잠시 방만식을 바라보던 석호가 대답한다.

"겨울이 오기 전에 대대적인 토벌작전을 벌이겠지. 하지만 방동무도 나도 굴복하는 일은 없을 것이오. 그렇지 않소?"

그때 일본도가 기다렸다는 듯이 '제주도 빨치산 노래'를 부른다. 몇몇 대원들이 따라 부르기 시작하면서 이내 '한라산 깊은 골짜기, 우리의 진지 돌각담 울타리는 우리의 성새, 아! 제주도 빨치산은, 우리의 자유를 지킨다'라는 노래가 관음사 주변을 울린다. 앞에 서 있던 석호도 주먹을 불끈 쥐고 큰소리로 제주도 빨치산 노래를 부르며 방만식에게 미소를 건넨다.

24

담배연기가 자욱한 다방 구석에서 한석희를 발견한다. 검은색 가죽소파에 앉아 담배를 피우는 한석희는 곤지동 본가에서 보던 20대 초반의 청초한 모습이 더 이상 아니다. 하나뿐인 조카의 생모라기엔 혐오감이 들 정도로 짙은 화장과 속살을 드러낸 옷을 입고 있다. 말을 걸 때마다 얼굴을 붉힐 만큼 부끄러움을 타던 모습도, 함박웃음으로 사람을 대하던 모습도 찾을 수 없다. 김헌일을 알아본 한석희의 표정이 굳어진다. 분을 바른 얼굴 때문인지 전보다 더 창백해 보인다. 옆 소파에서 위스키를 마시고 있던 사내가 당황한 듯 몸을 일으킨다.

"헌일 씨."

제복을 벗은 모습이 낯설었지만 사찰주임이다. 김헌일은 엉거주춤 인사를 건넨다.

"제수 씨가 많이 힘들어하기에……."

어색한 분위기 때문인지 그가 먼저 입을 연다.

"네."

"형수님하고 할 이야기가 있나 보죠?"

김헌일은 말없이 고개를 끄덕인다. 사찰주임의 시선이 한석희에게 향한다. 그녀는 김헌일을 맞은편 테이블로 안내한다. 그사이 사찰주임은 화장실에 가야겠다며 자리를 비켜 준다.

한석희와 마주앉은 김헌일의 마음은 착잡하다. 그녀의 모습을 형이 봤다면 얼마나 원통해할까. '커피라도 내올까요?'하고 묻는 모양새가 다시 성진의 어머니로 돌아온 느낌이다. 김헌일은 말없이 고개를 좌우로 흔든다.

"형님 회사에 다녀왔습니다."

한석희는 알고 있다는 듯 말없이 고개를 끄덕인다.

"이젠 여기서 일하지 않아도 될 만큼 많은 돈을 받아 왔어요."

한석희의 표정을 살피면서 김헌일이 다시 입을 연다.

"형수와 성진을 데리고 일본으로 밀항할 생각을 하고 있었던 모양입니다. 형님은……."

김헌일은 호주머니에서 달러 뭉치를 꺼내 그녀 앞에 내어놓는다.

"오늘 일본으로 밀항할 배와 선장도 보고 왔어요."

"그래서요?"

한석희가 냉랭하게 묻는다.

"같이 가셔야죠. 성진일 위해서라도……."

"서방님은 그런 말씀을 할 자격이 없어요."

김헌일의 얼굴에 그늘이 인다. 부정할 수 없기 때문이다. 김헌일이 침묵하는 동안 한석희가 다시 입을 연다.

"마을 사람들을 용서하지 않겠어요."

"형님은 단지 실종되었을 뿐입니다……."

"아직도 그이가 살아 있다고 생각하시는 거예요?"

반문하는 한석희에게 김헌일은 잠시 침묵을 지키다 겨우 대답한다.

"……그 때문에 마을에서도 사람들이 죽어 나갑니다. 애꿎은 사람들까지 피해를 입게 되었어요."

"나하곤 상관없는 일이에요."

“그런 생각이 세상을 불행하게 만드는 겁니다.”

“방만식이란 사람을 지서에서 빼 간 사람이 누군데요.”

한석희는 최대한 감정을 누그러뜨린다. 하지만 그녀의 눈에는 원망의 빛이 서려 있다. 김헌일은 그녀와 시선을 마주칠 수가 없다.

“돌아가 주세요. 성진인 곧 데리러 가겠어요.”

“성진인 우리 집안의 유일한 핏줄이에요. 그 아이만은 안전하게 키우고 싶습니다.”

“그런 걱정은 하지 마세요. 언니와 전 제주에서 가장 안전한 곳에, 힘 있는 사람들과 함께 있으니까.”

맞은편 테이블을 눈으로 가리키며 그녀가 덧붙인다.

“사찰주임은 OSS[***]와도 친해요. 아시잖아요? 요즘은 모두가 그들 세상이라는 거.”

씁쓸함이 밀려온다. 일본으로 밀항을 하든 제주읍에 남아 있든 모두가 외세에 의존하는 일일 뿐이다. 형과 술잔을 기울이던 마지막 날의 밤을 떠올린다. 형도 형수와 비슷한 말을 꺼냈을 것이다. 살기 위해 힘 있는 자의 편에 서는 게 잘못된 것은 아니다. 단지 종일이 형도 가족의 안전을 위해 그들을 선택했을 뿐이다.

따지고 보면 형도 해방되던 해엔 여느 마을 청년들과 다르지

---

* Office of Strategic Services. 2차 세계대전 당시 미국의 전략 정보국.

않았다. 외세가 아닌 우리 스스로의 힘으로 새로운 세상을 만들어 갈 수 있을 거라는 꿈을 꾸었으니까. 제주항이 바라다보이는 별도봉 아래에서 마을 청년들과 함께 방만식이 기르던 도새기를 잡아 잔치를 벌이던 순간의 열띤 감정을 잊을 수가 없다. 행방불명이 된 문식이와 산으로 들어간 최가 감주를 마시며 듀엣으로 부르던 '왕서방 연서'로 주위는 일순 웃음바다가 되었다. 별도봉 언덕 위에서 마을을 내려다보며 '저기엔 다리를 놓고, 여기엔 둑을 쌓고…….' 하면서 호기를 부리던 형의 모습이 아련히 떠오른다.

'그런데 왜 이런 지경에까지 이르게 되었을까?'

김헌일은 입술을 질끈 하고 깨문다.

"일본에 자리를 잡자마자 전 다시 제주로 돌아올 생각입니다. 형님을 찾을 때까지 포기하지 않을 거예요."

"성진이 아빤 제가 직접 찾겠어요. 그러니 서방님은 돌아가 주세요."

단호한 목소리로 한석희가 외친다. 마지못해 자리를 일어서는 김헌일에게 그녀가 덧붙인다.

"앞으론 이곳에도 오지 않는 게 좋겠어요."

"절 원망하시는군요……."

김헌일을 바라보는 한석희의 눈이 금세 붉게 물든다.

"성진이 아버지가 살아 돌아오지 못한다면요. 평생 잊지 않을 거예요."

25

산에서 얼마나 내려왔을까. 김종일의 시야에 관음사에서 가까운 오동리 마을이 나타난다. 날씨 때문인지 마을 입구에서부터 인적이 보이지 않는다. 김종일은 무작정 경찰지서로 향한다. 5월에 있었던 무장대와의 충돌 이후 오동리 지서 앞에는 모래주머니를 쌓아 엄폐물을 만들고 육지서 들어온 경찰들이 증원되어 있었다. 근처 화엄사에는 곧 경비대가 주둔할 거란 소문이 무장대 사이에 나돌았다. M1소총으로 무장한 경찰이 다가오는 김종일에게 총구를 들이대며 의심스러운 눈초리로 묻는다.

"못 보던 얼굴인데 오동리 사람이오?"

머리를 좌우로 흔들며 김종일이 대답한다.

"곤지동 사람입니다."

"그런데 왜 산 쪽에서 걸어오는 거지? 통행증은 가지고 있소?"

지서 안에 있던 경찰 한 명이 동료의 목소리를 듣고 밖으로 나온다.

"산사람들에게 납치당했다 겨우 도망쳐 나오는 길입니다."

"납치?"

"어떻게 도망쳐 나온 거야?"

"땔감을 주우러 나왔다 감시가 느슨해진 틈을 타서 무작정 산

아래로…….”

그때 작은 체구의 남자가 지서 안에서 뛰쳐나와 워커발로 김종일의 명치를 가격한다. 김종일이 앞으로 꼬꾸라지자 보초를 서던 경찰이 그를 강제로 일으켜 세운다.

“이런 날 무슨 땔감을 주우러 나간단 말이가! 이보라. 경계근무 강화하고 이 새끼 지서 안으로 끌고 들어가라.”

지서 안에서 김종일은 무릎을 꿇린 채 지서장으로부터 여러 차례 빰을 맞는다. 김종일의 입술이 터지면서 붉은 피가 턱 아래로 흘러내리자 지서장이 농담처럼 말한다.

“간나새끼. 빨갱이가 맞구나……. 얼케 염탐하러 온 거이가?”

“정말 납치당했다 도망쳐 나오는 길입니다.”

“납치를 당했으문 죽어야디 얼케 살아 돌아왔니? 산에서 전향한 거 아니가!”

경계근무를 섰던 경찰이 김종일이 가지고 있던 망태기 안을 살피다 말고 웃음을 터뜨린다.

“폭도 새끼들이 산에서 감자도 주고 막걸리도 주고 그랬나 보지?”

“이 빨갱이 새끼가!”

지서장은 책상 위에 있던 진압봉으로 김종일을 사정없이 두들겨 팬다. 김종일은 몸을 구부려 머리를 감싼 뒤 큰소리로 외친다.

“서청에 친구가 있어요! 임태종이라고 이곳에서 비서부장을 하는 사람입니다!”

몽둥이질을 하던 지서장이 멈칫거리며 김종일을 내려다본다.

"임 부장으 안단 말이가?"

"그에게 전화를 걸어 물어보세요. 곤지동의 김종일이라고……."

의뭉스러운 눈으로 김종일을 바라보던 지서장이 담배 한 개비를 입에 물며 한숨을 돌린다.

"거짓말이문 얼케 되는디 알디?"

고개를 끄덕이자 지서장은 곧장 자신의 책상으로 걸어가 제주읍에 있는 서청 사무실로 전화를 건다.

7월 말에 있었던 이승만 박사의 대통령 취임식 이후 제주에 파견 나온 서청 간부들은 저마다 기대감에 들떠 있었다. 전부터 이승만 박사의 친위대라 자처하던 사람들이니만큼 남한 내에 확고한 지지기반을 가질 수 있게 되었다는 기대감 때문이다. 비서부장도 제주를 바탕으로 출세의 길을 모색할 수 있게 되었다.

'돈하고 권력만 있음 나 임태종이두 크게 한자리 하디 않카서!'

그러기 위해선 무엇보다 돈이 필요했다. 김종일에게 받던 후원금이 사라진 뒤 금전적으로 쪼들리던 비서부장은 마음을 바꿔 먹었다. 아예 김종일 회사를 통째로 집어삼킬 생각을 한 것이다. 이미 군정법무관과 해양경비대 간부에게는 적당히 기름칠을 해 둔 상태였다. 그렇게만 된다면 생각보다 빠르게 이곳에서 자리를 잡을 수 있을 테니까.

그때 그의 책상 위에 있던 전화기가 울린다. 비서부장이 수화기를 들자 곧 낯익은 목소리가 흘러나온다.

“나 박이오.”

“어, 동생. 무슨 일이가?”

“혹시, 곤지동 사는 김종일이란 사람으 아오?”

“알디.”

“그 사람이 지금 여기 와 있소.”

“아딕, 살아 있단 말임메?”

자신도 모르게 큰소리를 치던 비서부장의 미간에 깊은 주름이 생긴다.

“친구가 맞소?”

“그게 말이디…….”

비서부장은 사무실 문을 닫은 뒤 다시 책상으로 돌아가 수화기를 집어 든다.

“야, 박춘식이.”

“네.”

“그 간나가 제주읍으로 살아 돌아오문 내가 난처해디는 게 있어. 무슨 말인디 알간?”

“기럼…….”

“영원히 행방불명이 되어야디. 그래야 나도 좋구 너두 좋은 거이야. 성내로 들어오문 네 몫까디 잘 챙겨 줄 테니…….”

잠시 뜸을 드리던 그가 답한다.

"그 약속 잊디 마시라요."

전화를 끊은 오동리 지서장이 김종일 앞으로 다가가 권총을 뽑아 든다. 김종일은 절망적인 표정으로 그를 바라본다.

"비서부장이 뭐라고 했습니까?"

"남로당 빨갱이 새끼라 기러던데."

김종일은 믿을 수 없다는 듯 고개를 가로저으며 소리친다.

"절 바꿔 주세요. 다시 전화를 걸어서……."

"아딕도 분위기 파악이래 못하갔어?"

워커로 김종일의 얼굴을 짓이기며 지서장이 입을 연다.

"그러게. 납치르 당했으문 죽어야디, 여기까디 내려오문 얼케 하니. 빨갱이 새끼야!"

몸을 뒤틀며 김종일이 뒤로 넘어지자 망태기를 들고 있는 경찰에게 지서장이 명령한다.

"끌고 나오라. 즉결처분으 해야갔어."

경찰들에 의해 밖으로 끌려 나가면서 그제야 김종일은 체념한 듯 헛웃음을 터뜨린다. 비서부장이 지서장에게 무슨 말을 했는지 짐작할 수 있었다.

'모든 게 사필귀정이다!'

지서에서 500미터쯤 떨어진 야산으로 끌려 나간 김종일은 그 자리에서 지서장의 총에 머리를 관통당한다. 그가 힘없이 쓰러지자 또 다른 경찰 한 명이 휘발유를 들고 와 그의 몸에 뿌린 뒤 불을 붙인다. 지서장은 무표정한 얼굴로 검게 타들어 가는 김종일의 시신을 내려다본다. 그의 등 뒤에 서 있던 경찰이 젖은 옷을 쥐어짜며 '젠장, 날씨하고는…….' 하고 투덜거린다.

〈2권에 계속〉

작가 약력

김유철

1971년 부산 출생. 상명대 대학원 재학 중.

부산일보 신춘문예와 문학동네 작가상을 수상했다.

장편소설 『사라다 햄버튼의 겨울』과 『레드』를 출간했다.

:: 산지니가 펴낸 큰글씨책 ::

유마도(전2권) 강남주 장편소설
레드 아일랜드(전2권) 김유철 장편소설
화염의 탑(전2권) 후루카와 가오루 지음 | 조정민 옮김
감꽃 떨어질 때(전2권) 정형남 장편소설 *2014 세종도서 문학나눔 선정도서
칼춤(전2권) 김춘복 장편소설
목화-소설 문익점(전2권) 표성흠 장편소설 *2014 세종도서 문학나눔 선정도서
번개와 천둥(전2권) 이규정 장편소설 *2015 부산문화재단 우수도서
밤의 눈(전2권) 조갑상 장편소설 *제28회 만해문학상 수상작
사할린(전5권) 이규정 현장취재 장편소설
테하차피의 달 조갑상 소설집 *2011 이주홍문학상 수상도서
모녀5세대 이기숙 지음
무위능력 김종목 시조집
금정산을 보냈다 최영철 시집 *2015 원북원부산 선정도서

효 사상과 불교 도웅스님 지음
지역에서 행복하게 출판하기 강수걸 외 지음 *2015 한국출판산업진흥원 우수콘텐츠 도서
재미있는 사찰이야기 한정갑 지음
귀농, 참 좋다 장병윤 지음
당당한 안녕-죽음을 배우다 이기숙 지음
한 권으로 읽는 중국문화 *2010 문화체육관광부 우수학술도서
차의 책 The Book of Tea 오카쿠라 텐신 지음 | 정천구 옮김
불교(佛敎)와 마음 황정원 지음
논어, 그 일상의 정치(1, 2권)
중용, 어울림의 길(전3권)
맹자, 시대를 찌르다(전5권)
한비자, 난세의 통치학(전5권)